北尾吉孝
ＳＢＩホールディングス
代表取締役会長兼社長

縁と善の好循環

財界研究所

縁と善の好循環

北尾吉孝

はじめに——学びと思案

2023年5月12日

絶えず学び、絶えず考える

我々は人間力を高めるべく、絶えず学んで行かねばなりません。そして学びつつ、常に考えねばなりません。『論語』に、「学んで思わざれば則ち罔《くら》し。思うて学ばざれば則ち殆《あやう》し」（為政第二の十五）とあります。孔子は「学んでも自分で考えなければ、茫漠《ぼうばく》とした中に陥ってしまう。自分の考えだけで学ばなければ、誤って不正の道に入ってしまう」と言っています。

あるいは同じく孔子の言に、「吾《われ》嘗て終日食らわず、終夜寝《い》ねず、以て思う。益なし。学ぶに如《し》かざるなり」…私はかつて一日中何も食べず、一晩中寝ないである問題を考えたことがあるが、何も得るところがなかった。それより勉強をした方がよい」（衛霊公第十五の三十二）ともあり、共に学びは必要不可欠で、併せて思索が大事だと教えています。

要は、学びと思索というのは正に陽明学の祖・王陽明の言、「知は行の始めなり。行は知の成るなり」（『伝習録』）の如き関係性でなければ駄目なのです。知を得た人はどんどんその知を行に移し、知と行とが一体になる、即ち知行合一でなければ、ある意味得たその知は本物にはなり得ません。同様に、日々考えて考えて考え抜き、また考えながら学び続けて学び尽くす――この両方が混在する中で、知行合一的に動いて行かねばならないのです。

また私はこの思索の中に、「自反」という要素、つまり自らを省みることがなくてはならないと思っています。『論語』で曾子は、「吾日に吾が身を三省《さんせい》す」（学而第一の四）と言っています。この「三省する」とは、日に三度自分を反省することではなくて、学んだ事柄を自分の日常に活かしているかと何度も反省することです。それでなくては本物にはなり得ないということです。

世の中は絶えず変化し、変化と共に新たな思索が次々生まれ、人類社会は継続進化しています。時代は変われど本質的に変わらぬ部分も勿論沢山ありますが、学び薄くして唯我独尊の世界に入ったならば大変な間違いを犯しかねません。学んで反省し、活かして行くという繰り返しの中で、人間は成長して行くことが出来ます。換言すれば、それが人間力を高めることに繋がって行くわけです。学びと思索は年齢云々関係なしに、常に平衡裡に為されて行かねばならないのです。

さて、今回のブログ本のタイトルを何にすべきか熟慮を重ねた結果、『縁と善の好循環』としました。

そうした理由は、小生は現在73歳ですが、社会人として生きてきたこれまでの人生で最も大切だと思っているのがこの「縁と善の好循環」ということだからです。

これは言葉としては簡単ですが、仏教の基本思想をなすもので非常に深いものなのです。私のブログの多くは、多少ともこの思想の影響を受けているといっても過言ではありません。序章でこの思想について詳述します。

本書での見解は、私の体験的学習と私が先哲から学んだことでありますが、何分浅学菲才の故、多くの間違いがあると思いますが御宥恕いただきたく御願い致します。

２０２４年４月吉日

北尾吉孝

本書は、２０２３年３月から２０２４年２月までのフェイスブックへの投稿で再構成しており、基本的に原文通り掲載しております。

序章

縁と善の好循環

我々は、日常生活の中で「縁」という言葉を良く使います。そして多くの方は深い意味のある言葉として受け止めていないと思います。

例えば「袖振り合うも多生の縁」という人口に膾炙した言葉があります。この意味は簡単に言うと、袖振り合うという行為も人が何度も生死を繰り返し、新しい生命に生まれ変わる中での尊いご縁ということです。仏教で言う「因縁生起」と「輪廻転生」という概念に由来する言葉です。「因縁」という言葉も仏教の考え方です。「因」というのは直接的原因ですが、それだけでは人間の行為やある出来事の原因を十分に説明出来ません。必ずそれを補う別の間接的な原因があるのです。これを「縁」と言っています。仏教ではそうした人生の複雑性を「因縁」ということで説明するのです。

こうした直接的やら間接的な原因が相俟って結果を生起するのです。これを簡略化すれば「縁起」で、仏教の基本思想ともいうべきものです。あらゆる物事には起因があり、繋がりがあるという教えです。従って、縁は人の力ではどうすることも出来ない「無限の関係性」なのです。「縁起」は、単に時間の経過の中で原因と結果の関係を意味するだけでなく、宇宙のあらゆるものは、時間的にも相互の関係としても結びつきあって相互依存関係の中で存在しているのだという思想なのです。「輪廻」とは車輪が回る様子、「転生」は生まれ変わることを意味します。

私は、この深淵な哲理に触れながら、ＳＢＩグループの新たな方向性についてのヒントを得ました。

私共ＳＢＩグループは１９９９年の創業以来「企業生態系」を構築し、生態系を構成する各社が相互にシナジーを働かせ、相互進化・相互成長する中でグループ全体を発展させてきました。昨今では、「金融を核に金融を超える」といって金融業から他業種へ積極的に進出しています。

こうした異業種へ進出する時に私がいつも考えているのは、相互にシナジーが働き、かつ相互進化の中で、効率的に成長出来るかということでした。しかし、前述した「縁起」という仏教の核心的な教義に触れ、私の考え方も相互依存関係の強化ということに力点を置くべきだと変化しました。また、先ず随縁（縁に従う）ということにしました。

私の私淑する明治の知の巨人・安岡正篤氏が御著書『師と友』で「良い縁がさらに良い縁を尋ねて発展していく様は誠に妙なるものがある――これを縁尋機妙という。また、いい人に交わっていると良い結果に恵まれる——これを多逢聖因という。人間はできるだけいい機会、いい場所、いい人、いい書籍に合うことを考えなければいけない」と述べられています。

随縁と言っても安岡先生の言にあるように、良き縁でなければなりません。良き出合いの結果として様々な機妙な状況や事柄が進展していくわけです。さらに、そうした状況から良き運に繋げるべく主体的に動かなければ、必ずしも良縁を得て活かすことにはならないと思います。

主体的に動く必要があると前記しましたが、具体的にどう動いて良縁を導くのかについて考察しましょう。

多くの先哲達が共通して教えてきたことは、良縁の結果として、運も良くなり様々な事柄が進展していくということです。運というものは決して味方に付けるとか無駄遣いしないといったものではなく、運の善し悪しは常に自分が主体的立場に立ち、与えられた機妙なチャンスをどう生かすかということに係わっていると私は考えています。

「善因善果・悪因悪果・自因自果」という仏教で良く説かれる言葉があります。意味は、良い行いからは良い結果が生まれ、逆に悪い行いからは悪い結果が起こる、そして自らの行いの結果は自分に返ってくるというものです。つまり、我々の現在の行いが自身のその後の運命を決め、その結果は全て自分自身に返ってくるということです。

また、次のような逸話が道元禅師の『正法眼蔵』の中にあります。

白居易《はくきょい》（唐代中期の漢詩人）が道林禅師（鳥窠道林《ちょうかどうりん》・中国の唐代の禅僧）に参禅し、ある時「仏法の大意とはいかなるものか」と問うた。道林は「諸悪莫作《しょあくまくさ》、衆善奉行《しゅぜんぶぎょう》」と答えた。白居易は「そんなことなら、三歳の童子でも言えること」と言うと、道林禅師は「たとえ三歳の童子が言えたとしても、八十歳の老翁でも行い難し」と答え、白居易は礼拝して去った。

この言葉は、仏教の「七仏通戒偈《しつぶつつうかいげ》」と呼ばれるものの一部です。七仏とは仏教で釈迦以前に存在したとされる六人の仏と釈迦を含めた七人の仏です。この七仏が共通して説いた教えを一つにまとめたとされる偈（詩句の形式をとり、仏徳の賛嘆や教理を述べたもの）で、「諸悪莫作、衆善奉行・自浄其意《じじょうごい》、是諸仏教《ぜしょぶっきょう》」です。意味は「諸々の悪をなさず、諸々の善いことを行い、自ら心を浄める、是れ諸仏の教えなり」です。

中国古典の『易経』にも「積善の家には必ず余慶《よけい》あり、積不善の家には必ず余殃《よおう》あり」

とあります。これは善を積んだ家は必ずその余慶が後々まで及んで子孫が栄える。逆に不善を積み重ねている家には必ず後世まで災禍が及ぶという意味です。

これまでの先哲の言についての考察で、善行の結果により良運がもたらされ得るということに、多くの方には強い否定はないかもしれません。それでも尚、否定的な御見解の方は、中国明代の袁了凡《えんりょうぼん》による『陰騭録《いんしつろく》』を一読されることをお勧め致します。

「陰」は冥々の作用、「騭」は「さだめる」という字です。陰騭とは冥々の裡に人間の厳粛な原理・原則がちゃんとさだまっているという意です。人は謙虚・積善・改過という道徳的精進により自らの運命を開拓しなければならない。良運を招き、良運を呼ぶ根本は冥々の裡に、自分自身がつくっていると悟らなければならないのです。

著者の了凡は自身の体験など具体的な事例を挙げ、善行が如何に良運をもたらすかを説得的に述べています。

『陰騭録』に「縁に随《したが》って衆を済《すく》ふ、其の類至って繁《おお》し。其の綱を約言すれば、大略十有り」とあります。随縁済衆ということは極めて多種多様であるけれども、今その大綱をつづめて言えば、大体十類に分けられるという意味です。これら十類は例えば、「人の為に善を為す」「人の美を成す」「人に勧めて善を為さしむ」「財を捨てて施を作す」「物の命を愛惜する」とかといった事から成ります。重要なことは、こうした善行が、真実の心から発することでなければならないのです。

次に、善と縁との係わりについて触れましょう。明治の知の巨人・安岡先生も御著書『陰騭録を読む』で次のように指摘されています。

――衆生を済うという善事も、縁に随うということがなければ単なる観念の遊戯、一場の気分に終わってしまう。縁に随うことによって、初めて具体化し実際化する。

安岡先生が言われておられるように「随縁」ということがなければ、「衆生を済う」という善事に本当の意味では繋がらないのです。本章の前半で説明したように、何事も縁より起こるので「縁起」という言葉があります。ですから、縁がなければいかなることも因にならないのです。「因・縁・果・報」と言われるように、「因」があってそれが「縁」によって物事が起こり（これを因縁生起と言う）、その因縁から「果」という結果が生じ、そこで初めて果の反応、つまり「報」が生じるわけです。そして、この因縁果報は無限に展開していくわけです。

また、「縁」によって結ばれることを「結縁《けちえん》」と言います。どんなものにも縁があり、縁が結ばれないと何物をも生まない。そういう意味で「因縁果報」「結縁」ということは実に神秘的なものです。

以上のように、縁に随って善事をなすことで良い結果、良い報いの果報が生まれ得るのです。

ところが、必ずしも果報者になれないで、せっかくの因が良い結果を生まないのが現実でしょう。果が悪ければ良い報が出ないわけで、単に因果で終わってしまうのです。何故かというと縁に処することが悪い、つまり結縁が悪いということです。

では、良い縁と結縁出来るようにするにはどうしたら良いかについて話を進めましょう。

私は、大切なことは、次の七つに集約されると思います。

①縁に気づき縁を活かす努力をすること

日頃より一生懸命に考え、真剣に自分の為すべきを為して生きないと、折角の縁がやって来ても気付かず、その縁を逃がすことになります

②倦まず弛まず地道に善行を積み重ねるよう努めること

善行を積んでも成果が目に見えないことがあります。しかし、それは知らぬ間に育っていくものです

③素直な気持ちをもつこと

自分に起きたことは、全部「天命」だと思いこむことにより、素直な気持ちになれます

④常に明るい心を持つこと

どんなに苦しいことに遭っても、心のどこか奥の方に喜びを持つことで運を良くすることに繋がります

⑤感謝の気持ちを持ち続けること

人の御陰で以て今日生活が出来ていること自体を有難いと思い、常々感謝し、自分も又、世のため人のため自分ができることを捧げていくことが大切です

⑥自己修養に努めること

精神修練を日々行い、自分の思想と精神を高めていくために努力すべきです

⑦互いに学び合える間柄になること

互いに学び合うことが大事であり、それは人生を変える一つの要素になります

良縁が結ばれるのは単に才の有無よりも、その人の有する人間力が大きく影響します。良縁を呼び込みたいと思えば、自分が日々社会生活で事上磨錬《じじょうまれん》し、人間力のレベルを上げていくしかないのです。

このように我々の人生において縁と善の好循環の創造こそが、良運や幸福をもたらしてくれる概念として非常に大切です。この概念はビジネスを行うにあたっても適用可能だと思います。ビジネスにおける善の実践とはつまり、同志的結合により一つの組織で世のため人のために取り組むことです。これによりさらに良い縁に恵まれ、ビジネスが発展していきます。前記したようにSBIグループの今日までの拡大の背景には、「縁」が示す「相互依存関係」を「企業生態系」という形に落とし込むことによるシナジーの追求がベースにあります。SBIグループの歴史はまさに「縁と善の好循環」の結果であり、ひとつの

事業がやがて別の事業へと、縁を通じて発展していく様を企業グループとして実践し、証明してきた歴史でもあるのです。

縁と善の好循環　目次

第2章 時代の流れを読む

第3章 自ら学び、人生を切り開く

第1章

天意を知るために

真の自分になる

2023年8月31日

自分の役目を己の力で追求する

　私が私淑する明治の知の巨人・安岡正篤先生は、幕末佐賀の名君・鍋島閑叟《かんそう》の師・古賀穀堂《こくどう》に感心されて、次のように述べておられます。

　――現在でも世界に三十億の人間がおりますが、自分は二人とありません。これが人間存在の冥利で、個性というものであります。そこで俺は何になるのだ、何をもって存するのだというと、これは真の自分になること、自分の信念・学問・信仰に徹することです。これは大きな見識であります。世間では自分を見失ってしまって、他人のまねばかりするものですから、ろくな自己ができません。ここに至って古賀穀堂はやはり偉い。徹底した見識をもった人であると思います。

真の自分になるためには結局のところ、中国古典で言う「自得…本当の自分、絶対的な自己を掴む」ということが全てではないかと思います。江戸時代の名高い儒学者・佐藤一斎も言うように、「人は須らく、自ら省察すべし。天、何の故に我が身を生み出し、我をして果たして何の用に供せしむる。我れ既に天物なれば、必ず天役あり。天役供せずんば、天の咎《とがめ》必ず至らん。省察して此に到れば則ち我が身の苟生すべからざるを知る」ものです。

自分は天から如何なる能力が与えられ、如何なる天役（この地上におけるミッション）を授かり、如何なる形でその能力を開発して行けば良いのか――天が与えし自分の役目を己の力で一生懸命追求し、その中で自分自身を知って行くのです。自らに与えられた固有の命《めい》を引き出し発揮して行くことが人間としての務めであり、これが東洋哲学の一番の生粋であります。「命を知らざれば以て君子たること無きなり」と孔子が言うように、天が自分に与えた使命の何たるかを知らねば君子たり得ず、それを知るべく自分自身を究尽し、己の使命を知って自分の天賦の才を開発し、自らの運命を切り開くのです。

人間、自分自身が一番よく見えていません。自分が分からなければ、如何に生くべきかも分かるはずがありません。安岡先生も言われるように、君子というのは『中庸』にある如く、貧賤のときは貧賤に素し、富貴には富貴に素し、夷狄《いてき》には夷狄の境地に素し、患難に対処してもその境地にあって自得する」ものです。我々は君子を目指し、いつ如何なる境地にあっても、その場に遊離することなく、物事に処して行くことが大切です。

私自身、この自得について若い頃から随分考えてきましたが、自分の天職と思える仕事が何かは中々分からぬものです。あの孔子も50歳になって漸く天命を知ったと述懐しています。心奥深く潜む自分自身を知ることは極めて難しく、人生で色々な経験を重ねて行く中で一つひとつ分かってくるものです。それが人間一人ひとりの出生時に、天が与えし命《めい》に繋がって行き、世のため人のためという志になるわけです。我々は真の自分になり、天命を果たすべく命《いのち》を使うのです。

天意を全うす

2023年10月20日

あらゆる出来事が天の配剤である

Yahoo!ニュース エキスパートに「人生変わる前兆サイン6選」（2023年7月11日）と題された記事がありました。その六点とは、①不安や緊張感、②日常のルーチンが気になる、③人間関係の変化、④よく同じ夢を見る、⑤物事がうまくいかない、⑥自分自身についての深い洞察、とのことです。私の場合は理屈云々というよりも、拙著『ビジネスに活かす「論語」』（致知出版社）のエピローグ冒頭で、次のように述べました。

――一つの大きな転機が来るたびに、私はそこに天の啓示というものがあるように思います。『論語』の中には、天に対する孔子の強い信頼というものが随所に見受けられますが、私も自分の人生を振り返ってみて、何事も手を抜かずきちんとやっていれば天は必ず見ている、という感じを受けることが多々ありました。『論語』の中に、「自分のことをわかってくれる者がいないなあ」と孔子が嘆き、「我を知る者は其れ天か」（憲問）という場面があることに触れましたが、私にも、人生の転機においてそういう感覚が常にありました。この「天が自分のことを知ってくれている」という気持ちを常に抱きつつ歩んできました。そのために、これまで道を誤ることなく、導きのままに行動できたと思います。

私自身、例えば慶應義塾大学の医学部でなく経済学部に、あるいは三菱銀行でなく野村證券を選んだのは結局天意だと思います。ある意味初めから決まっている天意があると思っていますから、私は常々あまりごちゃごちゃ考えず天意に従いあらゆる事柄をやってみて、仮に思うような結果が得られなければ「失敗でなく、こうなった方が寧ろベターなんだ」「将来の成功を目指しその失敗を教訓にしなさい、という天の采配かもしれない」といった具合に考えます。私は育ってきた家庭環境の影響もあって、幼い頃から天の存在を自然と信じ、長じて中国古典に親しむようになってからは天の存在を確信するようになりました。私自身そういうふうに思い、全てが天意だとして今日まで来たわけです。

天は適時その方向を与えてくれます。その啓示に気付くには、「自分の目の前にある仕事、与えられた仕事に全力投球しているということ」「素直であるということ」「感謝」「心中常に喜神を持つこと」の四点が極めて大事だと思います。そして天啓は本当に必要な時にやって来るものですから、来たと感じたら直ぐに動くことが大切です。私は金融の世界にずっと居らず、孫正義さんの所に行くことでインターネットの世界を知り、ネット金融の世界に進み、現況に至ります。現在SBIグループで取り組んでいる5－ALA（5－アミノレブリン酸）にしろ半導体にしろ、「今すぐ事業を興しなさい。貴方の進むべき道筋は全部つくったから、それに乗りなさい」といった形で、全てが調《ととの》うタイミングでご縁ができたのです。正に天の啓示というもので、私はこうした天意を全うする生き方を貫いてきました。

「わが身に降りかかってくる一切の出来事は、自分にとっては絶対必然であると共に、また実に絶対最善である」（『修身教授録』）――私はこの森信三先生の「最善観」という考えを信じており、それは天に任せる・運に任せる、「任天・任運」という東洋思想に繋がります。天はこの世のあらゆる物を創り、人智では計り知れぬ知恵を結集し人間という素晴らしい存在を創りたもうたのです。この世のあらゆる出来事は皆天《みな》の配剤であり、一々の事の結果に過度に拘ってはなりません。己の行いに心底恥ずべき所無しと信ずる時、如何なる結果になろうともその天意を信じ、終局悪いようには行くはずなしと思い切ることです。

人間の徳性の根本

2023年5月19日

溌剌《はつらつ》とした明るさが必要

私は郷学研修所・安岡正篤記念館さんのX（旧Twitter）のアカウントをフォローし、そのポストを見ていますが、ひと月程前、次の言葉をリポストしました。

――人間の徳性の中でも根本のものは、活々《いきいき》している、清新溌剌ということだ。いかなる場合にも、特に逆境・有事の時ほど活々していることが必要である。その人に接すると自分までも気が爽《さわ》やかになるという、これが人物の最も大事な要素だ。そしてかくのごとき人であれば必ず役に立つ。

溌剌とした明るさというものには、人を感化する上でも人を元気にさせる力がありましょう。取り分けリーダーシップを執るような人は、発光体であり続けねばならず、明るくなければその責任を果たし得ないと言えるのかもしれません。そしてリーダーのみならず、人間にとって常に喜神を含む（どんなに苦しいことに遭っても、心のどこか奥の方に喜びを持つ）、明るい心を常に持つとは非常に重要なことだと思います。

『論語』に、「君子固《もと》より窮す。小人窮すれば斯《ここ》に濫《みだ》る…小人は窮すると取り乱すが、君子は窮しても泰然としている」（衛霊公第十五の二）という孔子の言があります。君子というのは恒心（常に定まったぶれない正しい心）で乱れることなく、恒心を保っていればこそ発光体であり続けることが出来るのです。また同時に、全体の雰囲気を和に持って行くことも出来ましょう。

そもそも造化《ぞうか》（万物の創造主であり神であり天）は、人類社会がより良く発展して行くようこの世のあらゆる物を創り、人智では計り知れぬ知恵を結集し、人間という素晴らしい存在を創りたもうたわけです。即ちその人間をして天自らの心を開くと共に、人間界に益々繁栄が続いて行くよう創りたもうたということで、人間というのは結局のところ「日に新たに」(『大学』)、昨日より今日、今日より明日と絶えず新たなる創造を繰り返し、常に自己革新を心掛け良き方に進んで行くことを志向する存在なのです。

であればこそ、溌剌とした明るさというものが必要なのです。清新溌剌でなしに、陰気でてきぱきしないような状況であれば、より良き世界を創るのは難しいと思います。だから安岡先生は、「人間の徳性の根本は清新溌剌である」とされているのでしょう。つまり自分自身の生き方として、新たな境地を切り開いて行くなど、溌剌たるものが良いと述べておられるのだと思います。

徳(德)という字は、行人偏(彳)と直と心に分解されます。「直《なお》き心で行う」ということで、真実の心と言えましょう。自分が徳と特段認識しなくても、そういう真心というものを大切に思い、他者をどうやって幸せにするかを第一に考えるということです。その心の持様がこの世の中をより円滑に発展させて行くことに繋がります。人間が不朽の価値を持つ為には、この徳性即ち良心を天の意のままに実践し、自らを育てて行かねばならないのです。

大事を成すには

2023年5月26日

不断の努力を重ね、自らを磨き上げる

TABI LABOというウェブメディアに、「大事な場面でいつも結果を出す『あの人のヒミツ』」（2016年7月5日）と題された記事がありました。そこで紹介されていた13の「習慣」とは、①精神を一定に保つためなら「NO」を恐れない、②周囲の環境に興味なし、③少しの痛みには耐える覚悟がある、④「自分の範疇」にのみ注力する、⑤ポジティブなことに着目する、⑥精神的なエネルギーは賢く使う、⑦過去を悔やむのではなく、過去から学ぶ、⑧自分の意志を明確に、⑨自分なりに「成功」を定義している、⑩逆境＝チャンス、⑪ひとりの時間を捻出する、⑫自分の人生に100％責任を持つ、⑬あらゆるリスクを考慮

する、とのことです。

これらの習慣につき私見を申し上げます。中国清朝末期の偉大な軍人・政治家で太平天国の乱を鎮圧した曾国藩は、「四耐四不《したいしふ》」ということを言っています。「冷に耐え、苦に耐え、煩に耐え、閑に耐え、激せず、躁《さわ》がず、競わず、随《したが》わず」以て大事を成すのです。様々な艱難辛苦《かんなんしんく》を克服して行く中で自らを鍛え上げ、また一方で事上磨錬《じじょうまれん》し、知行合一的に実践して行くことが大事です。そうして、大事を成し遂げ得る人物が出来てくるのだろうと思います。

あるいは如何なる人物を良しとするかは、中国明代の著名な思想家・呂新吾《りょしんご》の『呻吟語《しんぎんご》』では、「深沈厚重《しんちんこうじゅう》、是第一等資質」「磊落豪雄《らいらくごうゆう》、是第二等資質」「聡明才弁《そうめいさいべん》、是第三等資質」と順位付けられます。「磊落豪雄…明るく物事に動じない」「聡明才弁…非常に頭が良く弁が立つ」だけでは全く不十分で、「深沈厚重」でなければなりません。深く沈着で思慮深く、相手が温かい愛情に包まれるような厚みを有し、重みがあり安定感を持つ人物をつくらねばならないのです。

また、江戸時代後期の儒学者・佐藤一斎の『重職心得箇条』第八条には、「重職たるもの、勤め向き繁多と云ふ口上は恥ずべき事なり。仮令《たとえ》世話《せわ》敷《し》くとも世話敷きと云はぬが能《よ》きなり、随分の手のすき、心に有余あるに非ざれば、大事に心付かぬもの也。重職小事を自らし、諸役に任使する事能《あた》はざる故に、諸役自然ともたれる所ありて、重職多事になる勢いあり」とあります。忙しいが故に心を亡《な》くす方に向かっている人は、往々にして肝心（腎）要の大事が抜け落ちた、誤ったディシジョンを下しがちです。重職にはやはり、ある程度の心の余裕というものが必要だと思います。

それから『論語』にもあるように、「君子は小知《しょうち》すべからずして、大受《たいじゅ》すべし。小人は大受すべからずして、小知すべし」（衛霊公第十五の三十四）。この「大受」と「小知」は、全く資質が異なるものです。小さな事が出来るからと言って大きな事が出来るとは限らず、大きな事が出来るからと言って小さな事が出来るとは限りません。「君子は器《うつわ》ならず」（『論語』為政第二の十二）、「其の人を使うに及びては、之を器にす…上手に能力を引き出して、適材適所で使う」（『論語』子路第十三の二十五）のが大事を立派にこなす君子です。

最後に、前記した「四耐四不」について、『孟子』では次のような言い方をしています。「天の将《まさ》に大任を是の人に降さんとするや、必ず先づ其の心志《しんし》を苦しめ、其の筋骨を労し、その体膚を餓えせしめ、其の身を空乏にし、行ひ其の為すところに払乱《ふつらん》せしむ。心を動かし、性を忍び、その能《あた》はざる所を曾益《ぞうえき》せしむる所以《ゆえん》なり」。つまり、「天が重大な任務をある人に与えようとする時は、必ずまずその人の心や志を苦しませ、筋骨を疲れさせ、餓え苦しませ、生活を窮乏させ、全て意図とは反対の苦境に立たせる。これは、その人を発憤《はっぷん》させ、性格を辛抱強くさせ、できなかったこともできるようにするためである」ということです（川口雅昭編『「孟子」一日一言』）。

天からしてみれば、与えた様々なことを肥やしにしながら自分を磨き続け真の人物になって行きなさい、ということでしょう。孔子は「我を知る者は其れ天か」（『論語』憲問第十四の三十七）と天に絶対の信を置き、「人生のいかなる逆境も、わが為に神仏から与えられたものとして回避しない」（寺田一清『森信三一日一語』）わけで、来たる大事に向け自分を鍛えるべく天がそうしているだけだと捉えることが基本です。明治から昭和の国語教育者・芦田恵之助先生も「自分を育てるものは結局自分である」と言われるように、自分を築くのは自分しかないのです。我々は不断の努力を重ね自らを磨き上げて人物と成るのです。

愚というもの

2023年3月17日

こつこつ積み上げていく努力を

拙著『仕事の迷いにはすべて「論語」が答えてくれる』（朝日新聞出版）の第2章「(7)『愚』を身につける」で、私は次の通り述べました。

――愚というのは、身につけるのが難しいし、また身につけたとしても、どのような場面でどう用いるかが、非常に難しい概念なのである。義や勇との両立を図りながら、愚を発揮できるようになるまでには、相当の歳月がかかるといえるだろう。

『論語』に、「甯武子《ねいぶし》、邦《くに》に道あれば則ち知、邦に道なければ則ち愚。其の知は及ぶべきなり、其の愚は及ぶべからざるなり…甯武子（春秋時代、衛の大夫）と言う人は、国が太平の時はその聡明さと才智を発揮し、国が乱れている時は愚鈍のふりをする。彼の聡明さは他人も真似られるが、愚鈍さはとても真似られない」（公冶長《こうやちょう》第五の二十一）という孔子の言があります。

我国でも例えば江戸時代においては、「馬鹿殿様でなければ名君になれん」と安岡正篤先生は非常に逆説的に言われていたわけですが、それは徳川幕府が隠密を日本中に遣わし不穏な動きがないかと厳しく監視する中で、藩主は下手に才覚を発揮するのではなく日々の政治は腹心に任せ、自分は馬鹿殿様を演じていたのです。このように愚というものは人を欺く手段の一つとして用いられます。

それからもう一つ、欺くのみならず人の知恵を引き出す手段にもなり得ます。例えば、相手に自分が大変な切れ者に映り、警戒感・緊張感ばかりが漂っている場合、相手はものも言えないようになり委縮してしまうでしょう。そうした状況を解き和らげるべく、冗談の一つでも言ってみるなど、愚は人を使い知恵を引き出す上で時に重要です。

あるいは『韓非子』に、「智を挟《さしはさ》みて問わば、則ち智《し》らざる者至る。深く一物《いちぶつ》を智れば、衆隠《しゅういん》皆変ず…知っているのに知らないふりをしてたずねてみると、知らなかったことまでわかってくる。一つのことを熟知すれば、かくされていたことまで明らかになってくる」という言葉があります。「知りて知らずとするは尚《しょう》なり。知らずして知れりとするは病《へい》なり」（『老子』）――知っていても、知らないフリをするのも得策だということです。時には、韓非子流の愚の装いを併せ持つことも大切です。

そして最後に、曾子（参）に見られるような愚です。例えば『論語』に、「柴《さい》や愚。参《しん》や魯《ろ》。師や辟。由や喭《がん》」（先進第十一の十八）とあります。一番弟子の顔回が生きていれば孔子を継ぐのは勿論顔回なのですが、顔回は孔子より先に死んだため、結果として曾子が実質的に孔子を継ぐことになりました。

それは孔子の言葉にある通り、曾子は魯《のろま》であり少し愚鈍なのですが、鈍であるからこそ、それだけ毎年こつこつ積み上げて行く努力を一生懸命し続けて、時間を掛け多くを飲み込み血肉化していったからです。曾子の如き愚は、人物大成を齎《もたら》すもので大いに結構だと思います。

人間の真の価値

2023年6月14日

隠そうとしても必ずあらわれてくるもの

『論語』に、「歳寒《とし》くして、然る後に松柏《しょうはく》の凋《しぼ》むに後《おく》るるを知る」（子罕《しかん》第九の二十九）とあります。孔子は「冬の厳しい寒さになって、初めて松や柏が枯れないことが分かる。人間もまた大事に遭遇してはじめて、その真価が分かる」と言っています。一人前のことを言いながら、何も出来ない人は多くいるよう感じられます。「人間の真実の価値は、なさねばならぬことをきちんとするところにある」（河合栄治郎）――人間の価値とは、何らか事が起こった時の行動にある、とは一面真実だと言えましょう。

私はこれまでブログやフェイスブックで、人間の価値について偉人の色々な表現を御紹介してきました。例えば、安岡正篤先生及び森信三先生という日本が生んだ二人の碩学《せき》の言では、「人間の真価はなんでもない小事に現われる」「誠に人の晩年は一生の総決算期で、その人の真価の定まる時である」（安岡正篤）とか、「人間のネウチというものは、その人が大切な事がらにたいして、どれほど決心し努力することができるかどうかによって、決まるといえる」「人間の真のネウチというものは、一、その人がどれほど自分の仕事に忠実であるかという事と、もうひとつは、二、心のキレイさにある」（森信三）といったものです。

私が思うに人間の価値とは、とどのつまり品性であり、そこに尽きるでしょう。隠そうにも隠せるものでなく、必ずあらわれてくるのがその人の品性であり、その人の真価というものです。「経営者が為さねばならぬことは学ぶことが出来る。しかし経営者が学び得ないが、どうしても身につけなければならない資質がある。それは天才的な才能ではなくて、実はその人の品性なのである」とは、ピーター・F・ドラッカーの言葉です。人間としての品性を高位に保つことは難しく、だからこそ平生の心掛けを大事にすると共に、必死になって学問修養をして行かねば、品性は決して磨かれないのです。様々な事柄の結晶がそこに凝縮され、結果として品性ということで全人格的に集約されるのだと思います。

私はまた同時に人間として、自分の為だけでなくどれだけ人の為に自分のエネルギーや知恵を費やしたかも大事だと思っています。自分がやろうとしたことを自分が決めた通りにやり抜いただけで、人の為にならなかったとしたら、その人は果たして偉かったと言えるのでしょうか。勿論、当代の人には分からなかったとしても、時の経過とともにその価値が理解された、といったケースもあるとは思います。だから、第16代ローマ皇帝マルクス・アウレリウスの言にあるように、「人間の真の価値は、何を目指すかによって判断される」のです。人間の真価というのは所詮、人の為に「何を目指すか」で、はかられるべきだと思います。

哲学というもの

2023年8月23日

学び得たものを次代に引き継ぐ

フランスの哲学者・モンテーニュ（1533年―1592年）の『随想録』に、「哲学する目的は、死に方を学ぶことにある」とあります。哲学する目的などというのは、そう簡単に答えられるものではありませんし、私にはこれは余りピンとこない言葉でしたが、モンテーニュは哲学することにより、自分で徐々に死生観を確立して行くことが出来るようになると言いたかったのだろうと勝手に解釈しています。

死については例えば、マールンクヤという弟子から「霊魂というのは、死後どうなるのですか。不滅なのですか」と聞かれた釈迦が、「苦悩からの解脱こそが最大の重要課題であるにもかかわらず、そのような戯論《けろん》をしていても仕方がない」と諭しています。あるいは、弟子の子路から、「死とはどのようなものかお教え下さい」と尋ねられた孔子が、「未だ生を知らず、焉《いずく》んぞ死を知らん…生についてまだ分からないのに、どうして死が分かると言うのだ」（『論語』先進第十一の十二）と述べています。人間どう深く生きるかが基本で、死のことなど余り考えなくて良い、と私も考えます。

唯、宋の朱新仲が唱え実践した「人生の五計」、「生計…いかに生くべきか／身計…いかに社会に対処していくべきか／家計…いかに家庭を営んでいくべきか／老計…いかに年をとるべきか／死計…いかに死すべきか」の最後は老計と死計です。「志のある人は、人間は必ず死ぬということを知っている。志のない人は、人間が必ず死ぬということを本当の意味で知らない」とは曹洞宗の開祖・道元禅師の言葉です。人間死すべき存在であり何時死ぬか分からぬが故、生を大事にしなければならず、我々は死の覚悟を以て今ここで、後世に何を残すかということを真剣に考えて行かねばなりません。

死に向かう人間としてやるべきことは、次代への遺産を残すことです。それは例えば、偉人がつくり上げた人物史あるいは偉大な国家といった類に限った事柄ではありません。

その遺産とは、いつ何時消滅するやも分からぬ物的なものでなく、いわば「志念の共有」ということであり、世に何らか意味ある足跡を残して行くことです。自分がしっかりとした人生修養をして行く中で学び得たものを次代に引き継げるようになれば、それだけでも良いでしょう。司馬遼太郎の『峠』という小説の中に、「志ほど、世に溶けやすくこわれやすくだけやすいものはない」とありますが、だからこそ世のため人のため一度志を定めたならば、それを生涯貫き通すと決死の覚悟をし、永生を遂げるのです。

人間は儚く何時死ぬか分からぬものであり、人生は二度ない、という真理を先ずは肝に銘じることです。そして、自分の生まれてきた意義を生ある間にきちっと残して行くべく、我々は死するその時まで自分の生き方を真剣に考え続けねばならず、それが思想を生み哲学を生むわけで、何も「死に方を学ぶこと」ではないでしょう。前記した釈迦であれ孔子であれ、その精神的な力は今尚生き永らえ、後に続く人々に生の指針を与え続けています。それが哲学であり思想であって、世のため人のためのものでなくてはならないと思います。

真理と感動

2023年9月8日

二度とない人生を、いかに生きるか

安岡正篤先生と並ぶ明治生まれの知の巨人・森信三先生は、ふっとした時に「真理は現実の唯中にあり」と悟られました。この真理ということで先生は、次のように述べておられます。

――感動するとは真理を身につけることです。感動するとは疲れる。ただでは済まん。疲れるという、学費を出さにゃならんね。授業料をね。（中略）日本の学問というのは、感動が土台なんだよ。真理は感動によって授受される。

日本に限らず何処の国であれ、学問の土台は感動であると思います。真理を追究し見極めた時、感動する学者・研究者等は沢山います。新薬開発で世の中を変えたいと考える製薬メーカーの研究者であれば、その真理が数多の人を救うことに繋がるかもしれません。それ故、取り分けサイエンスにあっては、真理に触れると感動を覚えるのです。

『修身教授録』という書物があります。同書は、森先生が40代前半の頃、大阪天王寺師範学校の「修身科」で講義された内容を生徒が筆記したもので、人生のあらゆる課題がテーマ毎に記されています。私が『修身教授録』に出合ったのも当時の森先生と同じ42歳位で、野村證券のニューヨーク拠点やロンドンに設立したM&Aの会社の役員を経て、日本に戻った頃でした。私はこの書を読み、魂が打ち震えるような感動を覚え、同時に自分の未熟さを思い知らされた次第です。

では何ゆえ感動したかと考えてみると、それは森先生が言われるように真理に触れたからかもしれません。『修身教授録』では、例えば志というものにつき、次のように書かれています。

――人間はいかに生きるべきであるか、人生をいかに生き貫くべきであるかという一般的真理を、自分自身の上に落として来て、この二度とない人生を、いかに生きるかという根本目標を打ち立てることによって、初めて私達の真の人生は始まると思うのです。このように私は、志を打ち立てるところに、学問の根本眼目があると信じるものです。

私は同書に出合い、「人生二度なし」という偉大な真理に触れ感動を覚え、この二度とない人生を悔いなく終わらせるための教えを得、先生の教えに導かれ今度は知行合一的な形で自身の人格陶冶あるいは精神的支柱の形成に繋げてきました。それは、感動があって初めて成し得たことだと思っています。

そして更には、その感動が他の人にも感動を与えて行くことに繋がります。私が七年程前、ある経済情報番組に出演し、この『修身教授録』を熱っぽく御紹介したところ、Amazonでのランキングが24時間で、１８４３位から1位に急浮上しました。「北尾さんがあれだけ読み込み推奨している本であれば、きっと良い本に違いない」と、当時多くの人が思われたのかもしれません。こうして感化・感動の循環というものが、順繰りに為されて行くのです。

勿論、真理であれば多くの人に感動を与えるとは必ずしも言えないということ、また、多くの人に感動を齎すものが真理であるか否かは分からないということ、この二点に対する注意は常々求められます。真理とされるものを受け入れるには理由がなければならず、森先生はそれを感動だと言われたのだと思います。

知るということ

2023年9月19日

人知人力が及ぶ所は限られる

『論語』に、孔子が弟子の子路（由）に知るとは如何なることかを教える場面があります。曰く、「これを知るをこれを知ると為し、知らざるを知らずと為せ。是《これ》知るなり」（為政第二の十七）とのことです。

人間というのは、知っているつもりで意外と知らないものです。プラトンも『ソクラテスの弁明』でそういうことを言っていますが、結局どんどん突き詰めて行くと何も分かっていなかったということが分かります。だから孔子は、「自分で確かめ、考えて本当に知ったことを知ると言う。世間一般の常識や情報に従っただけで、自分ではっきり考え抜いたわけではない知識は知るとは言わない。この二つを厳しく吟味することが知るということなのだ」と言っているわけです。

世の常識など往々にして変わるものです。例えばコペルニクスが出てくる迄は、地球が太陽の周りを回っているはずはないというのが世間の常識でした。この天動説が彼により地動説へと大転換し、それが新常識となったのです。

我々人間は世の事柄につき、殆どを知らぬままに生きています。どれだけ科学技術が発達しようが、台風や地震などに未だ対応出来ていません。宇宙がどれだけの大きさか、人間が如何にちっぽけな存在であるか――我々は造化《ぞうか》（万物の創造主であり神であり天）に対し極めて無力である、ということを知ることが何事においても大前提だと思います。

所詮、人知人力の及ぶ所は限られています。この地球上では食物連鎖という絶妙なバランスの中で、様々な生物が夫々に生を育んでいます。また、日が昇り朝が来て日が沈み夜が来る、というサイクルが何億年・何十億年と繰り返されています。こうした類を単なる自然現象と捉える人もいるでしょうが、私はそこに造化の働きがあるものと考えます。

「天の無限なる偉大さに感じた」古代人の一人、孔子も「君子に三畏《さんい》あり。天命を畏《おそ》れ、大人《たいじん》を畏れ、聖人の言を畏る」（『論語』季氏第十六の八）と言い、天を畏れ敬っていました。何か絶対的なものの力が自身の力の限界を遥かに超えている、という認識を有していたのです。天そのものの存在を認めないがため、天も天命も恐れることはないという人もいますが、我々が生きているこの現実世界では想像を遥かに超える現象が実際に起きているのです。

人間、自分の無力さを知っていたならば、謙虚な気持ちを持つことが出来ます。「これを後少し調べてみよう、分かる範囲で」となり、何か分かったとしても「それは極一部に過ぎないんだ、追究するぞ」となるわけです。孔子が言うように、常々あらゆる事柄につき可能な限り自分の耳目で十分確かめ、頭で考え抜き峻別して行く姿勢を有することが大事であり、知らぬことを知っているからこそ、謙虚な姿勢で何時《いつ》何時《なんどき》も探究し続けることが非常に大事なのだと思います。

安岡正篤先生の御著書『東洋倫理概論』の中に、「造化は人を通じて心を発《ひら》いた。心は人の心であると同時に、造化の心であって、（中略）人がもの思うのは、すなわち造化がもの思うに他ならない」と書かれています。ですから、人間が天を知るために何をしたら良いかと言えば、人間を徹底的に究明することだと思います。人間究明こそが造化の心、即ち天意を知るために、我々に求められることなのだと思います。

明ということ

2023年10月12日

より良き人生を送る鍵

嘗て『自己を得る』（2012年4月20日）と題したブログで、私は次のように述べました。

――学を学として知識に留めておく限り実際の生活において殆ど役に立たないもので、行を通じて血肉化する中で本物にして行く必要があります。即ち、日々の仕事、あるいは社会生活において常に事上磨錬し知行合一を実践して行く中で初めて、その人の実質的な進歩向上が見られるのであって、そうでなければ永久に自分自身は知り得ないということです。

『老子』第三十三章に「知人者智、自知者明：人を知る者は智なり、自らを知る者は明なり…人を知るのは智者に過ぎないが、自分を知るのは最上の明とすべきことだ」とあります。知というのは極めて重要で、身に付ける必要性は大いにありますが、同時に頭だけで把握していても本当に分かったことにはなりません。明治の知の巨人・安岡正篤先生も「単なる頭ではなく身体で、生命で全精神でこれを把握する必要がある」と言われているように、宇宙の本質は無限の創造であり変化であり行動であるため、知だけでは到底真理は会得出来ず、行動・実践を伴わねばなりません。つまりは、陽明学の祖・王陽明の『伝習録』に「知は行の始めなり。行は知の成るなり」とある通り、知と行とが一体になる知行合一でなくして真理には達し得ないのです。知と行が相俟って知行合一的に動き行く中で初めて、身体で知を経験し本当に分かって行くわけで、明を創り出すものはある意味、知と行と言えるのかもしれません。

明というのは、全ての人々が母親の胎内に宿った時から有しているものだと言う人もいます。『大学』では、「明徳を明らかにする」ことが大切だと「経一章」から教えています。本来、人間は皆「赤心《せきしん》…嘘いつわりのない、ありのままの心」で無欲の中にこの世に生まれてきているにも拘らず、段々と自己主張するようになり、私利私欲の心が芽生え、そして私利私欲の強さに応じ次第に明徳が曇らされ、結果として明が無くなって行くことになってしまいます。我々人間は、死するその時まで唯々修養しようという気持ちを持ち続け、私心や我欲で曇りがちな自分の明徳を明らかにするよう尽力して行かねばなりません。

世のあらゆる事は人間が生み出し、人間が行っているわけですから、自分自身を含め人間というものを知らずして大した事は成し得ません。中国古典で言う「自得…本当の自分、絶対的な自己を掴む」、仏教で言う「見性《けんしょう》…心の奥深くに潜む自身の本来の姿を見極める」ことこそが正に、本当の明徳であり明なのです。「自らを知る者は明なり」と述べた老子のみならず、ソクラテスもアポロン神殿の柱に刻まれていた「汝自身を知れ」の言葉を自身の哲学活動の根底におき、探求したとされていますし、ゲーテも「人生は自分探しの旅だ」と言っています。自己を得ること程難しいことはなく、又それが如何に重要であるかは、古今東西を問わず先哲が諭している所です。明ということは、より良き人生を送る鍵であり、全ての事柄の出発点になるのです。

最後に、安岡先生の御著書『人間としての成長』より次の言葉を御紹介し、本稿の締めと致します。

――ヨーロッパ精神とは何だ、というようなことをつきつめてゆくと、古今東西変わったものではない、一如であります。禅とか陽明学とか言っても、何も珍しいことではない、ありふれたことなのです。

それは本当の人間になることである、本当の人間を知ることである。ということは本当の自分を知ることであり、本当の自分をつくることである。

本当の自分を知り、本当の自分をつくれる人であって、初めて人を知ることができる、人をつくることができる。国を知り、国をつくることもできる。世界を知り、世界をつくる事もできる。

親切というもの

2024年2月20日

中庸のバランスが取れた親切を徹底

私は、拙著『出光佐三の日本人にかえれ』（あさ出版）第三章の「育成の基礎はすべて『愛情』」で、出光さんの次の言を御紹介しました。

――上下または同僚間に、気兼ねや遠慮があるようでは、親切は決して徹底しない。肉親が子どもに愛の鞭を打つ以上の打ち解けた親切でなければならない。誤解を恐れたり、自分の立場を考えるようでは、人に親切はできないのだ。

生半可な親切ならばしないほうがいい。かえって威厳を損じ、秩序を乱して、相手に不親切な結果を与えることになる。むしろ不徹底な親切はやめて、高圧的に接したほうがまだ結果がよいと思う。

そして出光さんは続けて、次のように述べておられます。

――徹底的な親切は、往々にして相手に誤解されることが多いが、そんなことを恐れる必要は少しもない。度胸を決めて大いにやるのがよい。誤解されてもたび重なれば相手もついにはわかる。相手が自己の小さい醜い心を顧みて、恥じることで初めて親切が徹底して、徳をもって率いることとなるのである。

『論語』に、「君子は人の美を成す。人の悪を成さず。小人は是《こ》れに反す」（顔淵第十二の十六）という孔子の言があります。人の美点・長所を見つけて、益々それが良きものになるよう手伝ってあげようと思うのが、君子の生き方です。これは誰にとっても決してマイナスではないでしょう。

ところが、本人は親切のつもりでも、相手から「余計な事をするな」という風に受け取られかねない現実が常にあります。「巧言、令色、足恭《すうきょう》なるは、左丘明《さきゅうめい》これを恥ず、丘も亦《また》これを恥ず…人に対して御世辞を並べ、上辺の愛嬌を振り撒き、過ぎた恭《うやうや》しさを示すのは恥ずべきことである」（『論語』公冶長第五の二十五）――親切も「足…度が過ぎること」は良くありません。

バランスを取ることが非常に大事である、とは『論語』に一貫して流れる孔子の教えです。「中庸の徳たるや、其れ至れるかな…中庸は道徳の規範として、最高至上である」（雍也第六の二十九）と言うように、中庸の徳から外れたならば、何事も最終的には様々な問題が生じてくることになるのです。

国語辞典を見ますと、親切とは「相手の身になって、その人のために何かをすること。思いやりをもって人のためにつくすこと。また、そのさま」等と書かれています。私は、中庸のバランスが取れた親切を徹底し、「人の美を成す」ということが必要だと思っています。

人生というもの

2024年2月16日

日々善行を積んで行く

ドイツの哲学者アルトゥル・ショーペンハウアーは、「人生は粗いモザイクの絵に似ている。美しく見るためには遠く離れていなければならぬ。間近にいては、それは何の印象も与えない」との指摘を行っています。私は率直に申し上げて、先ず「人生ってそんな風に見れるの?」と疑問に思います。後からの感慨はあるにせよ、誰の人生も誰一人として見通すことは出来ません。また「美しく見るためには遠く離れていなければならぬ」と詩的に述べていますが、私に言わせれば遠く離れていても美しく見えないことが、人生には沢山あると思います。人生とは実に難しいものだと思います。

アイルランド出身の作家オスカー・ワイルドのように「人生は複雑じゃない」と言う人もいれば、芥川龍之介のように「人生は常に複雑である」とその逆を言う人もいます。私自身は、人間社会を上回る複雑系は存在しないという認識です。現代人は、歴史や伝統といった形で過去から様々なものを受け継いで生きていますし、夫々異なる価値観を持っています。また現在を生きる中では、今起こる環境変化に色々と左右されています。そして将来の見通しは、各人夫々に違っていて見通し得ないのが実態です。これが、複雑怪奇極まる人間社会というものです。

人は、一度の人生しか生きられません。自分の希望が叶ったからと言って、それが本当に良い結果か否かは誰にも分からぬものです。「禍福は糾える縄の如し」「人間万事塞翁が馬」と言われるように、人生における運不運、幸不幸は分かりません。失敗が成功の基になることもあれば、その逆も又あるわけで、常に千変万化する状況下、人知人力の及ぶ所は限られています。実に、デンマークの哲学者セーレン・キェルケゴールも言うように、「人生は解のある問題ではなく、経験の積み続く現実」です。だから私は、正しい道を歩いて行くという一点が、人の生き方としては大事なことだと思います。

安岡正篤先生は『東洋人物学』の中で、「人間はできるだけいい機会、いい場所、いい人、いい書物、そういうものにバッタリ出くわすことを考えなければならない。これを『多逢勝因』という。（中略）なんでも結構、とにかくあらゆるいい機会、いい出逢いに何か勝因を結んでもらいたい。人生というものはそういうことから始まる。ばったりだれかに出逢った、偶然、何かの問題にぶつかった、そういうところから人生は転回する」、と述べておられます。私自身、人生で大切なことは正しい生き方をすること、換言すれば善行を積むことだと思います。「積善の家には必ず余慶有り。積不善の家には必ず余殃有り」「諸悪《しょあく》莫作《まくさ》・衆善奉行」――良運・良縁を持とうと思えば、日々善行を積んで行くことです。

第2章

時代の流れを読む

書店は生き残れるか

2023年3月10日

デジタル化が進み情報氾濫する社会の中で

2010年2月、私は次のようにX（旧Twitter）にポストしたことがあります。

——米国で電子書籍市場が急拡大していますが、それは当たり前のことで、本に限らず全てはデジタルになって行くでしょう。海外に本10冊を持って出張するのと、軽くて小さい電子書籍端末を一つ持って出張するのとでは非常に大きな違いがあります。日本でも早く電子書籍が普及しないものかと思っています。

昨年、日本経済新聞に「国内の書店、20年で半減」（2022年1月24日）や、「書店の無い市町村26％に　店舗10年で3割減」（2022年12月9日）などと題された記事がありました。書店の存在理由云々に拘らず、これだけネットが発達してきますと、わざわざ本屋に行き新刊を見よう・本を買おうという人の数は減少の一途を辿ることでしょう。デジタル化が進み情報が氾濫する社会の中で、書店の生き残りは更に厳しさを増して行くと思います。その点で言えば、例えば1994年創業のアマゾンなどはこの間、所謂ロングテールという考え方で巨大なウェアハウスを幾つも作り、品揃えを徹底して多様な顧客ニーズに備えるなどしてきたわけです。

私は学生時代には、少なくとも週に一度は本屋に行っていたと思いますが、今は殆ど全てネットに置き換わりました。勿論「読んで頂きたい」と私宛に送られてくる沢山の御本には、可能な限り目を通すようにしています。しかし一々書店に向かい、自分で本を探すのは嘗ての森信三先生等、一人の人間の全思想・全足跡を読みたいという思いから、その全書に立ち向かう時ぐらいでしょう。従って今の私の場合は、ネットで買えないような書を探して、古本屋に行くことの方が多いです。

知のインフラということでもう一つお話しすると、米国では早くから「インフォメーションサイエンス」、取り分け「図書館情報学」というようなものが考究され、企業のケースで言うと製品の開発やディマンドに関するもの、あるいは特許に関連する事柄といった図書館の全情報を検索し得るシステムが、拡張的・専門的に整備されてきました。それは例えば、企業がある研究に取り組もうとする場合、そうした研究を行っている所が世界で既にあるのかどうかを調べるために、きちっと検索出来るシステムが絶対に必要になるからです。如何に効率的に情報を集積し、分類して行くかという点では、専門的なライブラリアンの存在によりかなりのメリットが齎されるため、図書館は無くならないと私は思います。

心田を耕す～善の種を収穫して蒔き広める～

２０２３年４月４日

二宮尊徳翁の報徳思想を今に

株式会社財界研究所より『心田を耕す』という本を上梓しました。本書は私のブログ「北尾吉孝日記」及びフェイスブックへの投稿を再構成したもので、２００８年９月に上梓した第1巻『時局を洞察する』から数えて15巻目に当たります。

本書のタイトルを色々と考えた末、『心田を耕す』としました。その理由の一つは、本書を構成する多くのブログの主張は畢竟《ひっきょう》、「心田を耕す」ということに帰着すると思ったからです。もう一つの理由は二宮尊徳（金次郎）について、もっと多くの人に知ってもらいたいと思ったからです。

この「心田を耕す」は、お釈迦様の言葉に端を発しているようです。お釈迦様が托鉢《たくはつ》をしている時に、お百姓さんから「私は田畑を耕し、種を蒔いて食を得ている。あなたも人に施しを乞うのではなく、自分で田畑を耕し、種を蒔いて食を得たらどうですか」と言われ、「我は忍辱《にんにく》という牛と、精進という鋤《すき》をもって、一切の人々の、心の田畑を耕し、真実の幸福になる種を蒔いている」と答えられたと伝えられています。

私は、この言葉は長年、二宮尊徳翁のものだと思っていました。彼の言で「私の本願は、人々の心の田の荒廃を開拓していくことである。天から授けられた善の種である仁義礼智を栽培し、善の種を収穫して、各地に蒔き返して、日本全体にその善の種を蒔き広めることである」というものがあったからです。

右記は、当に尊徳翁の報徳思想の根幹を為すものだと私は考えています。尊徳翁の思想は神道・儒教・仏教のエッセンスを取り出し、翁の体験的・実践的知恵と結合・折衷させて生み出されたものです。尊徳翁は、この思想の四つの実践倫理（至誠、勤労、分度、推譲）を貫き、武家や藩家の財政を立て直したり、村の農業を復興させ、最終的には約六百の村おこしを行ったと言われています。これら四つの実践倫理の内、「分度」とは分に従って度を立てることで、自分の置かれた状況や立場を弁《わきま》え、それぞれに相応しい生活をすること。また、収入に応じた一定の基準（分度）を決めて、その範囲内で生活をすること。「推譲」とは将来に向けて、生活の中で余ったお金を家族や子孫のために貯めておくこと（自譲）。また他人や社会のために譲ること（他譲）を言います。

私がＳＢＩグループの地銀プロジェクトを立ち上げる時に、尊徳翁の関連書籍を何冊か読み、彼の報徳思想を地方創生という観点で勉強仕直しました。その過程で「推譲」の考え方、とりわけ「五常講」の仕組みは素晴らしいと思いました。「五常」は中国古典の仁・義・礼・智・信です。報徳思想の「五常」の内、「仁」とはお金のある人が無い人に低利・無担保で貸す愛。「義」とは、借りた人は期日までに約束を守り、きっちり返すこと。「礼」とは、困った時にお金を貸してくれた人への感謝の気持ち。「智」とは、借りた人は、どうやって返済するかを考え抜き、一所懸命に働くこと。「信」とは、金銭の貸し借りを行う土台としての人と人との関係、を言います。

尊徳翁は、村の復興や藩の財政再建の為、田を耕し、お金の貸し借りを五常の精神で行うことで、村民達の心を耕していったのです。これを尊徳翁は「心田開発」と呼んだのです。

私は、報徳思想はバングラデシュの経営学者であり、ノーベル平和賞を受賞したグラミン銀行の創設者であるムハマド・ユヌス氏のマイクロファイナンスやソーシャルビジネスの事業に相通じるものだと思いました。

私が長々と前記した尊徳翁やユヌス氏の話の共通点は、「推譲」という善智・善行の普及と言えると思います。この考え方を尊徳翁の場合は、彼が研鑽していた中国古典から知行合一的に学んだ「五常」の徳目が「五常講」に結実したと推察されます。

これら五つの徳をバランスよく身につけ実践していくことが、君子たる人物になるために必要不可欠であると『論語』では説かれています。

「仁」とは思いやりの気持ち、「義」とは人が行動していくうえで通さなくてはならない物事の筋道のこと。「礼」とは集団で生活を行うために、お互いに守るべき秩序のこと。「智」とは、よりよい生活をするために出すべき智慧。そして「信」とは我々の社会を成り立たせている基盤や、そこで生活している人に対しての絶対的信頼です。

こうした五常をバランス良く、知行合一的に身に付けるという行為を、田を耕している農民達を啓蒙する場合「心田を耕す」という言葉が一番分かりやすく、受け入れやすいと尊徳翁は思ったのではないでしょうか。

尊徳翁の偉大さは、自ら学んだことを実践し、より良き社会の実現のためビッグピクチャーを具体的に描き、大変な成果を齎した点にあります。また尊徳翁が経世済民を目指した報徳思想を広く受け入れられるものとし、その啓蒙活動を通じ大きな社会変革を齎したことも、我々は忘れてはならないと思います。私の小学校時代には、多くの学校に二宮金次郎の銅像がありましたが、そうした像が次第になくなり、小学校でも二宮金次郎について教えることもなくなっているようで残念至極です。

書籍のタイトルを「心田を耕す」とすることで、二宮尊徳翁の足跡や思想を尋ねる人が増えることを切望いたします。

コロナ禍の二つの懸念

2023年4月27日

直接的影響と間接的影響

世界中で猛烈な勢いで接種された新型コロナウイルスワクチンに関し、昨今様々なメディアでその効果が訝《いぶか》られています。例えば、大阪市立大学医学部名誉教授・井上正康さん曰く、「ｍＲＮＡ（メッセンジャーRNA）タイプのワクチンというのは完全に失敗であった、ということが医学としても明らかになりつつあります」とのことです。その信憑性については、私には分かり兼ねるものですが、世界各国でワクチンに対する様々な懐疑の声が噴出する中で、我々日本国民としても非常に心配しているところではないかと思われます。

日本においてはマスクも外そうという状況で、２０２３年5月8日には、新型コロナウイルス感染症の法律上の位置づけが2類（新型インフルエンザ等感染症）から5類（季節性インフルエンザ同等）に移行されます。他方、2023年4月19日に開催された厚生労働省の専門家会合に拠れば、「今後、第9波の流行が起きる可能性が高い。（中略）まだ国内では自然感染の罹患率が低いことを考慮すると第9波の流行は、第8波より大きな規模の流行になる可能性も残されている」とのことです。

政府としては、今後の在り方を決める前に、やはり先ずはワクチン接種について総括する必要があるでしょう。これまでは、「打たないと感染状況は悪化の一途を辿る」とか、「接種により重症化率や死亡率が大幅に低下する」といった議論に基本終始してきました。これからは、後遺症に関する徹底した追跡調査、またその反論に対する的確な再反論といった形で、論理的な議論を是非やって貰いたいと思います。

私のもう一つの心配事は、最近自分の周囲などにおいて、「がん」で亡くなる人が非常に多いような気がしていることです。この現象は、コロナ禍で人間ドックを受けられなかった・止めたとか、手術を遅らせた・病院に受け入れて貰えなかった、といったことに起因するのではないでしょうか。これは、コロナ禍の直接的影響というより間接的影響です。

取り分け膵臓がんなど、元々早期発見が難しい部位のがんについて、検診を控えた結果手遅れとなり命を落としたケースがあるのではないかと見ています。

厚生労働省は2023年度から2025年度に掛けて、「がん検診の受診率低下などにより、治療の遅れがどの程度生じたかを分析。さらに患者の予後など中長期的な影響も調べる。その上で、今後も起こり得る新興感染症の流行に備え、(中略)指針を作る」ようです。それはそれとして、政府には、がん検診でのがんの早期発見を実現するべく、検診受診の大切さを訴える国民的啓発に是非大々的に取り組んで貰いたいと思います。

マン・グループとの基本合意について

2023年7月19日

「オルタナティブ投資の民主化」を目標に

SBIホールディングスは、ヘッジファンドを中心に先進的かつ革新的な運用戦略を提供する大手資産運用会社であるMan Group plc（マン・グループ）と合弁会社を設立し、ヘッジファンドを含むオルタナティブ運用におけるマン・グループの豊富で多様なケイパビリティを活用した運用商品を、主に日本の個人投資家向けに提供していくことで基本合意しました。

マン・グループは1783年に英国で設立され、日本を含む世界13か国の拠点で事業を展開する大手資産運用会社です。傘下の子会社などを通じて「オルタナティブ戦略」に沿った運用商品を提供しており、その運用残高は2023年3月末現在で約1447億米ドル（約20兆円）にのぼります。このたび新設する合弁の資産運用会社はマン・グループと連携して、個人投資家にもわかりやすく、シンプルなオルタナティブ投資商品を開発し、SBI証券やSBI新生銀行のお客さまを中心に長期の資産形成に資する運用商品として提供していく予定です。

昨今、世界の資産運用マーケットは不透明感の高まりから、伝統的資産である株式や債券だけの運用では高いパフォーマンスを獲得することが難しくなってきました。そうした中、伝統的資産と相関性が低く、かつリスク分散としても効果的なオルタナティブ投資のニーズは更に拡大することが想定され、世界のオルタナティブの運用残高も2027年末には2021年末比で70%増の23・3兆ドル（3378兆円）となる見通しです。

日本のオルタナティブ市場は未だ成熟しておらず、投資家が最適なオルタナティブ投資をできる環境に至っていません。個人投資家向けに提供する公募追加型投資信託においても、全体に占めるヘッジファンドの割合は、ファンド数でわずか51本、純資産残高も4850億円と極めて少ない状況です。

このような状況に鑑み、このたび新設する合弁の資産運用会社では、「オルタナティブ投資の民主化」を目標に掲げ、ＳＢＩグループの持つインターネット金融の革新性とマン・グループの持つオルタナティブ運用における高度な運用力を融合することで、これまで主に機関投資家や一部の富裕層に提供されてきたオルタナティブ商品を、個人投資家向けに幅広く提供してまいります。

なお、新設される資産運用会社は、オルタナティブ投資の小口化や裾野拡大への取り組みを進めるに際して、金融庁のプログレスレポートにおいて期待される適切な評価・リスク管理体制の整備等を行った上で、監督官庁への投資運用業、投資助言・代理業への登録完了を前提とした早期の開業、営業開始をめざしてまいります。乞うご期待！

業界の持続的な発展にも資する「手数料無料化」

2023年10月30日

証券投資が大衆化・民主化される

ＳＢＩ証券では２０２３年９月30日発注分から、オンラインの国内株式の委託手数料を無料にする「ゼロ革命」を開始しました。実は、２０１９年６月には既に無料化宣言を行っており、収益力の強化や収益源の多様化、システム増強といった諸々の準備を進めてまいりました。その継続的な取り組みがこのたび、「ゼロ革命」として結実しました。

私が何故、この施策を「ゼロ革命」とネーミングしたかと言うと、次の二つの意味で革命的だと考えたからです。一つ目は、証券投資が大衆化・民主化されることで、「貯蓄から資産形成へ」の流れの加速が期待できるからです。二つ目は、旧態依然とした日本の証券業界を変えていくことにつながると考えたからです。

手数料無料化で先行した米国では、ネット証券大手のチャールズ・シュワブが2019年に無料化を発表した後、競合他社はすぐさま追随しました。しかし、ついていけない会社は廃業もしくは合併・吸収に追い込まれ、結果として、証券会社の数は手数料無料化前に比べて40％ほど減少しました。

当然ながら日本でも今後、証券業界の再編の流れが止まることはないと思われます。2024年1月からはNISA制度が大幅に拡充され、これまで証券投資をしてこなかった新規顧客が増えると同時に、証券会社間での既存顧客の移動も増えていくでしょう。その時に、手数料を無料化している証券会社に顧客が集まるのは必然の流れであると考えられます。証券業界の再編の流れは、進化の結果であり、止めることなどできません。中長期的に見れば、一般の人々の投資を促進することが市場全体のパイを拡大し、ひいては業界全体の持続的な発展にもつながっていくでしょう。

今後は、SBIグループ内での既存の金融商品・サービスのクロスセル・アップセルのほか、新たな金融商品・サービスの投入により収益を補い、更なる事業拡大を図っていきます。実際に、ゼロ革命を発表後、ＳＢＩ証券の総合口座及びＮＩＳＡ口座の開設数は好調に増加しており、９月単月でみると、共に前月比１・３倍と過去最高の口座開設件数となりました。その他、ゼロ革命開始後の10月の状況でみると、国内株式の約定件数は前月比（営業日平均）で１・３倍、売買代金は１・１倍、他対面証券会社からの入庫件数は４・７倍と、すべての数字にポジティブな影響が見られています。更にＦＸ口座の開設数も９月単月で過去最高を記録するなど、既にクロスセルの効果も出てきています。今後の更なる顧客の増加を見据え、グループ全体としてより効率的な経営体制を構築すべく、全力投球していく所存です。

田淵義久さんを悼む

2023年11月14日

過ごした日々が走馬灯のように……

1974年、私は慶應義塾大学を卒業し野村證券に入社しました。爾来《じらい》、陰に陽に色々な形で御世話になり心から敬愛してやまない、公益財団法人SBI子ども希望財団理事長（野村證券元社長）の田淵義久さんが2023年11月8日に御逝去されました。田淵さんは1956年に野村に入社され、本当に小生を可愛がって下さり、また多くの学びを与えて下さった御方です。

野村を辞められてからの田淵さんは、各方面からの様々な申し出一切を断られていたのですが、私がSBI子ども希望財団の理事長の職をお願いした時、「俺は野村の冠を捨てた時、一切の冠を謝絶するということで今日まで来た。ただ北尾君の世のため人のためという崇高な志については非常に応援してやりたい気持ちなので、お引受しよう」と言って下さいました。

田淵さんは続けて、「北尾君、一つ条件があるんだ。俺は一切の報酬は受け取らない」と言われました。私は、「財団での活動に必要な車と秘書とオフィスは、是非私共に提供させて下さい」とお願いしました。そしてもう一つ田淵さんには、「年2回とにかく健康診断だけは私共の関連病院・東京国際クリニックで奥様と受けて下さい」と申し上げ、以来2005年10月の財団設立より、ずっと理事長を続けて下さいました。

田淵さんは先ず、内閣官房副長官としてそれぞれ5代及び7代に亘る総理に仕えられた古川貞二郎さん及び石原信雄さんという、余人を以て代え難い御二方を、このスタートして間もないちっぽけな財団の理事として招聘して下さいました。そして野村に居られる時と同じように、次から次へと新しい発想で、SBI子ども希望財団に偉大な足跡を残して下さいました。

例えば一般的な寄付だけではなく、「社会的養護を担う児童養護施設職員やケアワーカーに対し、被虐待児の治療的養育に必要な知識及び技術の習得と、専門性の向上を図るための研修事業」を提案して頂きました。また、核家族化の進展で子育てが難しくなっている状況下で、医師会と協力し「子育て支援フォーラム」という体制を作り上げて下さいました。更には、「自立支援」という柱を提唱されました。それは施設出身者が社会に出て行く場合、保証人になってくれる人がいない等の理由で就職できなかったり、アパートを借りられない等のケースが多々あるからです。また田淵さんは、こうした子供達が社会に出て、自分で戦って行ける武器を身に付けさせねば、との思いから、英語カルタをはじめスピードラーニングや公文、またネイティブと過ごす「イングリッシュキャンプ」等々で、英語教育も推進されました。田淵さんは、ＳＢＩ子ども希望財団の在り方につき本当に色々な面で、独特の嗅覚と知恵で新しいものを作って下さったのです。

私は、一過性の拠出金をベースに財団運営することは、金利ゼロの世界では極めて難しいと考えて、ベンチャー企業から公開する前に株式で幾らか寄付して頂くとか、利益・配当を共にきちっと出しているようなＳＢＩグループの会社を中心に寄付してもらう、といった仕組みでの運営を提唱しました。田淵さんはそれにも大いに賛同して下さって、ＳＢＩ

子ども希望財団は今日まで着々と成果を上げつつ規模を拡大してやってこられたわけですが、これは全て田淵さんのお陰です。田淵さんには、「ＳＢＩの名はこういう社会貢献活動を通じて、北尾君が言う強い会社から強くて尊敬される会社に繋がって行くんだ」と仰って頂きました。ちなみにＳＢＩグループでは、２００６年11月から、「子ども虐待のない社会の実現」を目指すオレンジリボン運動を全役職員で後援しています。

野村時代の話で言うと、私は「こんな素晴らしい経営者が本当にいるのか」とつくづく思ったものです。「野村中興の祖」と言われた奥村綱雄さんに始まり、瀬川美能留さん、北裏喜一郎さん、「大タブ」と称される田淵節也さん、そして「小タブ」田淵義久さんに繋がるわけですが、夫々の時代に最も素晴らしい方が野村の経営者として君臨されました。私を特に可愛がってくれたからと贔屓目で言うわけではなく、その中でも小タブさんは私が知る限り最も卓越した経営者の一人ではないかと思います。

田淵さんは、私がニューヨークのＮＳＩ（ノムラ・セキュリティーズ・インターナショナル・インク）に勤務している時に出張で来られると、何時も「北尾君ちょっと来い」と言われ、一時間ばかり二人だけで私の話を聞いて下さいました。その時私は、米国の機関投資家の状況や米国の金融情勢等々知る限りをお話させて頂きました。また田淵さんが未だ常務であられた時、日本から鈴木その子さんが書かれた鰻丼の絵が表紙になった本をお送り下さり、パッと捲ると「健康第一　田淵義久」と、田淵さんの字で書かれていました。「あれだけ何時も食べていて太っているから、田淵さんは心底気に掛けてくれていたんだな」と思いながら、以後食べ過ぎには多少気を付けるようになりました。それから田淵さんが社長に就かれてからですが、海外拠点長会議の開催時に、「北尾君も呼べ」と秘書に言われて、通常拠点長のみ出席する会議で発言の機会を与えて下さいました。そしてある時、「お前のこと頭が良いと言うのが沢山いるけれども頭が良いのが良く分かった」と仰って頂き、大いに気を良くしたこともありました。夜には「北尾あけとけ」と、食事をご馳走して下さったことも覚えています。

田淵さんからの学びがSBIグループを形成する上でどれだけ役立ったかという観点で述べるならば、経営に関し様々教えて頂いた中でも私の根幹になっているのは、「経営は時間の関数」と言われたことです。また一つには「北尾、社長になっても意外と大したことは出来ない。唯一出来ることは側近を選ぶことだけだ」というご発言の意味も、漸く腑に落ちました。田淵さんは当時ローマ帝国について沢山書かれている塩野七生さんの本を熱心に読まれ、塩野さんと食事をされたりもして親しくされていました。私はマキャベリの言葉ではないかと思い聞いていましたが、側近を選ぶとは並大抵のことではないという教えを得るに至りました。

ローマ帝国は巨大になり過ぎたがために分割して統治したという考え方の下、田淵さんも野村が巨大になる中で、「ザ・野村」「野村コープ」といった言葉を使いながら、野村グループをシナジーを生み出す生態系として形成しようとされていました。そしてそれを有機的に結合すべく、田淵さんはご自身から見て優秀だと思う人、例えば野村不動産の社長になられた中野淳一さんや、野村ファイナンスの社長になられた橘田喜和さん等々を寧ろ外に出されました。そして「野村本体は俺がいるから大丈夫」と言われていたのですが、実に優秀な人材を外に出し本体に残ったのは……もうこれ以上は言わないでおきましょう。これも田淵さんに学んだ組織人事に対する考え方の一つです。

あるいは「財界の鞍馬天狗」日本興業銀行の中山素平さんが田淵さんの所に訪ねて来られ、「野村を研究したい。就いては出来るだけ資料を頂きたい」と願われた後ひと月程経って、素平さんは田淵さんに「御宅で一番羨ましいと思うのはジャフコだね」と告げられたというエピソードがあります。それがもう今の野村にはないのです。私は祖業としてＳＢＩインベストメントをスタートして大事に育て、今日までどんどんとベンチャー投資を行い、色々なシナジー関係を作り上げてきました。これも一つ田淵さんから教わったことかもしれません。更に、１９８９年12月に日経平均株価が歴史的最高値（3万8915円87銭）になる中、国際分散投資をＧＡＡ（Global Asset Allocation）という言葉を使って全野村の営業体に推進されました。

「北尾君、クラブなんか行った時は絶対壁側に座ったら駄目だぞ。いつ写真を撮られるか分からない」というような細々したことまで田淵さんは小生に教えて下さいました。また課長位の時、「御前は次期次期社長だからな」と言って頂きました。そして私が野村を辞めると決めた時、田淵さんは一席設けて下さって、「北尾君どうしても駄目か」「北尾君は決めたことは変えないだろうな」と、野村の経営者との最後の晩餐をやって下さいました。仕事に関係ない個人的な思い出としては、私の父が亡くなった時にわざわざ超多忙の田淵さんが芦屋での葬儀に参列して下さったことも良く覚えています。

話せばキリがない程に、田淵さんとの日々が走馬灯のように蘇ってきます。田淵さんのご遺志をきちっと継ぎ、田淵さんが遺されたＳＢＩ子ども希望財団を、より多くの被虐待児を中心とした子供達の救いとなる財団にして行くことが、田淵さんの恩義に報いる私の最大の務めだと思っております。田淵さん、どうぞ安らかにお眠り下さい。合掌。

グローバル化は日本会計基準の見直しから

2023年11月22日

日本の金融機関が世界に伍していくために

日本以外の国にも上場している企業の決算をよく見てみると、日本では黒字で報告されているのに、米国では赤字で報告されているといった不思議な状況に遭遇することがあります。勿論どちらも正しい数字なのですが、何故このようなことが起こってしまうのでしょうか？　実は「会計基準の違い」がその原因なのですが、それでは我々投資家は、どちらの数字を信じればいいのでしょうか？

損益への影響において特に大きいのは、株式や債券のような、市場価値が日々刻々と変わる資産に対する考え方の違いです。米国会計基準や国際会計基準ではそれらを「時価評価」し、損益を決算ごとに記録していきます。つまり、ある株式の市場価値が、昨年と比べて上がっているのであればその上昇分を利益として計算し、逆に下がっているのであれば損失として認識するのです。一方、日本基準では時価で評価しません。どちらの考え方にもメリット・デメリットがあるわけですが、「今」の実態的な価値をよりよく表しているのは「時価評価」を行う米国会計基準や国際会計基準でしょう。また、グローバルな視点で主要国の企業を見ると、資産や負債を時価評価する会計基準を採用する企業が殆どであるということも無視できません。つまり、企業間の国際比較をする場合に、日本基準を採用していてはApple-to-Appleの比較はできないのです。

このグローバルな時代、投資家は国際比較をした上で投資先を決めており、その意味で日本基準は既に時代遅れの規格と言わざるを得ません。もう一つの問題は、米国会計基準や国際会計基準の決算が、日本基準に遅れて出てくる企業が存在することです。これは投資家にとってミスリーディングです。ＳＢＩグループはこういった問題意識を持っていたからこそ、金融機関として日本で最初に国際会計基準を採用したのです。

更にこれは、会計基準の問題だけに留まりません。日本の金融機関のＰＢＲ（株価純資産倍率）は、米国と比べて非常に低い水準に留まっており、世界の投資家から見放されてしまっている状況なのです。日本会計基準がいわば隠れ蓑のようになっていますが、見る人はきちんと見ており、それが株価に反映されてしまっている、ということではないでしょうか。例えば2022年3月の銀行セクターにおけるPBRは、日本の0・44倍に対し、米国は1・58倍と、約3倍もの開きがあります。更に驚くべきは、TOPIX500の43％がPBR1倍未満の会社であることです。なお、S&P500企業でPBR1倍を下回っている企業はわずか3％のみです。PBRが1倍未満とはつまり、「事業を続けるより解散した方がいい状態」であり、これは株主価値を毀損していることに他なりません。

日本の金融機関が世界に伍していくには、国際比較の出来る会計基準を採用し、それを適時に提出することが必要不可欠です。特に金融業界は旧態依然とした業界構造が強く、時代に合わせて体制を変えていくべきでしょう。国をあげてグローバル化を推進するのであれば、こういったところから始めるべきだと思います。

「いじめ最多」に思う

2023年12月25日

子供の状況を把握できるような親子関係を

「いじめ最多、自治体も関与を」（2023年10月19日）と題された日本経済新聞の社説は、次のように始められています。

――全国の小中高校などで2022年度に認知されたいじめの件数が前年度から1割増の68万件余りに上り、過去最多となったことが文部科学省の調査でわかった。13年のいじめ防止対策推進法の施行から10年が経過した。（中略）認知件数が増加したのは、軽微な事案も積極的に把握する努力を重ねてきたからだ。だが、看過できないのは、児童生徒の心身に深刻な影響を及ぼす「重大事態」も923件と最多となったことだ。重大事態の4割弱は、深刻な被害に至るまで学校側が十分に対応できなかった。

私は11年程前、「いじめるな　いじめられるな　皆仲間　人に優しく　我に厳しく」という即興の歌を、私のブログで詠みました。しかし願い虚しく、いじめというものは年々深刻化しているように感じられます。何故そうした状況が現出しているかと考えてみると、やはり教育の問題が深く関わっているのだろうと思います。絶対にいじめをしてはならないといった道徳教育が、学校内あるいは家庭内で躾《しつけ》（外見を美しくすることではなく、心とその心が表れた立ち振る舞いを美しくすること）として依然十分になされていないことが、不幸な現実の主因であると私は考えています。人間学を全く教えようとしてこなかった戦後教育の欠陥が浮き彫りになっていると言っても過言でなく、また道徳をちゃんと教えられる先生がほぼいないことも大問題でありましょう。そればかりか、女学生の盗撮といった類の多発は、最早out of the questionです。強い情熱を有し、教えと学びを共に実践して行くような人物が先生となるよう、教師の資格要件改正や待遇改善等々を含め、人物を得て行くということが必要だと思います。

教育の基本は、一言で言えば「致良知…良知を致す」ということです。人間生まれながらに持っている明徳(良知即ち善悪の判断を誤らない正しい知恵)を明らかにし、人間の進むべき正しい道を学ぶといった教育を施さない限り、我々の社会は益々酷くなって行くのではないかと危惧しています。以前も私のブログで指摘したことですが、令和の大改革に挙げられるべき筆頭は道徳教育ではないか、という気がしてなりません。場合によっては、今一度戦前のような師範学校を作り、日本における道徳教育の教師を養成しなければならないと考えています。

最後に、自分の子供がいじめに関わっているケースの根本につき述べておきます。親としての大問題は、如何なる形で子供がいじめられている・いじめているかが分かっていないことです。概して親の関心が向かう先は、専ら学校の成績だけですが、そんなことよりも親としてもっと関心を持つべき事柄があります。それは、子供が今どういう状況にあるのか、ある程度把握できるような親子関係を維持すべく、努力を続けることが大事だと思います。

年頭所感

2024年1月4日

普遍的価値観をベースにした「理念」を

明けまして御目出度う御座います。吉例に従い、今年の年相を干支により考察しましょう。今年の干支は「甲辰《きのえたつ》」、音読みでは「コウシン」です。

先ず、甲《こう》と辰《しん》のそれぞれの字義について触れておきます。

甲ですが、甲から始まり、乙、丙と続く十干《じっかん》の最初ですから、今年から始まる十年間のスタートを切る非常に大事な年です。「甲」は、殷代の甲骨文字から見ると「十」の形象が原初的なもので、草木類の種子をおおっている堅皮が、その種子が発芽する時に「十」の形象のように亀裂する状態を指したもので、植物の生長段階の最初の発芽に着目したものと推測されます。十干の排列順は、植物の発芽・開花・結実・熟成・老化そして死に至る変化の相を現しているものです。

鱗《うろこ》状の硬い皮、即ち鱗芽が破れて、新芽を覗かせている状態が「甲」です。新芽が出始めるということで、「甲」に「はじめ・はじまり」などの義が出てきたのです。「はじめ」という意味から、十分慎重にやらなければいけないということで「つつしむ」という意もあります。また甲は、新たなる創造・開発という義にも通じ、法令などの創制も意味します。『書経』には、「因《よ》って内乱に甲《な》る」とあり、甲を「狎《な》れる」という意味に使っています。つまり、新しい改革・革新をするべく法律・制度を創ろうという機運が出ても、旧来の陋習《ろうしゅう》になれ、因循姑息《いんじゅんこそく》になり、だれてしまいがちになるということです。

従って、「甲」の字義は、植物が発芽するという自然の機運に応じて、旧体制を打ち破って、革新の歩を力強く進めなければならないということです。

次に、「辰」の方に移りましょう。「辰」の金文を見ると、蜃（しん・おおはまぐり）の象形文字で、蜃（はまぐり）の殻が開き、足のやわらかな肉を貝殻から出し、ひらひらと動かしている形です。古代では、大きな二枚貝の貝殻は農具として用いられました。「辰」の上に「曲」が乗ると「農」になります。「曲」は頭を使うという意味ですから、「農」は頭を使って収穫を上げるという意になります。

後漢末の辞書である『釈名《しゃくみょう》』によると、「辰は伸なり。物みな伸舒《しんじょ》して出ずるなり」とあります。「辰」は伸に通じ、陽気が動き、草木が旺盛に伸長していく様を表しています。

更に『説文』に「辰は震なり。三月陽気動き、雷電振るう。民の農時なり、物皆生ず」とあります。秋冬以来の陰気を突き破る陽気の象表たる春雷がひびきわたる頃に、陰陽が逆転し、新しいものが芽生えます。

『易経』の「震」の卦《け》にあるように、最終的には「震は亨《とお》る」で結果良しです。陰陽が逆転し、新しいものが芽生え、どんどん伸長していく道程は、決して平坦なものでなく、外界の妨害や抵抗は付物です。ですから言動を戒《いまし》め慎《つつし》み、泰然自若としてやるべきことを着実にやっていかなければなりません。そうすれば、結果的には良くなるということです。

これが「辰」の字義のまとめです。

以上の「甲」「辰」それぞれを統合しますと、これから始まる十年間をある意味決定付ける極めて重要な年のスタートです。

春になって古い殻から新芽が頭を出していこうとするが、まだ余寒が厳しいため、勢いよく芽を伸ばすことが出来ない状況です。旧体制という殻を破って革新的な歩みを進めなければならないが、旧体制の抵抗や妨害があって、中々前へ進まない。そこで、この外界の妨害や抵抗と徹底的に闘いつつ、慎重に伸展を図らなければ、これからの十年の繋栄や成功は覚束無《おぼつかな》いと言っても過言ではないでしょう。

次に甲辰の年にどのような出来事があったのか、日本の史実から特徴的なものを拾ってみましょう。

〈180年前（1844年）の主な出来事〉

・5月　江戸城の本丸が炎上。こうした凶事を断ち切るための災異《さいい》改元を行い、「弘化」とした

・天保の改革も上手くいかず失脚していた水野忠邦を老中首座に再任

・オランダ国王ウィレム2世が徳川将軍に親書を送り、開国の勧告を行ったが、幕府は翌年謝絶。この年、幕府の体制に対して、勃然《ぼつぜん》として様々な革新の論議が始まったが、幕府はこれに善処出来ず、革新勢力との闘争へと発展していく

〈120年前（1904年）の出来事〉

・2月4日　緊急御前会議にて対露開戦を決定し、6日にロシアに国交断絶を通告。10日に、ロシアに対して宣戦布告。悪戦苦闘、苦心惨憺の結果、日本の勝利となる。これを契機に、日本陸海軍は自信を得て、軍部独裁の道を次第に歩み始める

〈60年前（1964年）の出来事〉

・東京～京阪神間で電話の即時ダイヤル通話が全面的に可能に

・4月　OECDに加盟。名実共に経済先進国としての地位が認められた。またIMF8条国へ移行。世界経済の発展に指導的な役割を受け持つ

・ビール、酒の販売価格が全面的に自由化された

・新潟を中心に大地震が発生。26人が死亡。更に、昭和石油の原油タンクが爆発

・9月　浜松町～羽田空港間を結ぶ東京モノレールが開業

・10月　東京～名古屋～大阪を結ぶ大動脈として東海道新幹線が開業

・東京都内の自動車保有台数は百万台を突破し、マイカー時代の到来を告げた
・10月　アジア初となる第18回東京オリンピックが開催。景気は急上昇し、日本経済は画期的な飛躍を遂げる
・11月　池田勇人内閣が総辞職。佐藤栄作が首相に就任

さて、こうして甲辰の年の字義、史実を見ますと、今年の年相がより鮮明に浮かび上がってきたと思います。

60年に一度やってくる自然の機運の高まりと社会や技術の革新的な動きが、次の十年を繁栄に導こうとする天意と相俟って、人物を動かし、世を動かすのです。そうした中で、SBIグループの全役職員には次の三点を肝に銘じて頂きたいと思います。

第一に、SBIグループ内外の英知を結集し、革新の歩みを力強く、大胆に進め続けなければなりません。このことを各人が潜在意識にまで透徹する程、強く意識して尽力することが必要です。そうすれば竜頭蛇尾《りゅうとうだび》に終わることはありません。

第二に、我々はより広範囲な事業分野に、よりグローバルに目を向けなければなりませ

ん。同時に、グループ内の各組織の有機的結合を常に念頭に置くことがSBIグループの更なる発展に不可欠です。

最後に、SBIグループは今後もどんどん巨大化していくと考えられますが、そこには多様な人財間の同志的結合と言うべき絆《きずな》がなければなりません。それが無ければ、単なる烏合《うごう》の衆と同じです。その絆をもたらすものが、グループ各社、各人に共通した普遍的価値観をベースにした「理念」です。日々の仕事に忙殺されることなく、時にこうしたことを深く考察する「閑」を持つことが必要です。

派閥の行方

2024年1月25日

「信なくんば立たず」

――各派閥や議員がけじめをつけ、説明責任を果たすことが大変重要だ。政治の信頼回復のため努力を続けたい。（岸田派解散表明について）岸田派の元会計責任者が刑事責任を問われた。けじめをつけなければ、政治刷新本部の議論をリードすることは許されない。

右記は1月22日、同本部で発したとされる岸田さんの言です。同日示された中間取りまとめ「骨子」には、派閥の在り方について、「いわゆる派閥の解消、派閥から真の政策集団へ。カギは政策集団がお金と人事から完全に決別すること」等々と記され、23日には中間取りまとめ案が大筋で了承されたようです。

派閥の存廃を巡っては様々な人が功罪両面から色々な指摘を行っていますが、それを判断するのは言うまでもなく政治家自身でしょう。そして、併せて自民党員にも広く意見を求めるべきだと私は思います。なぜなら、2009年年の夏、「一度、民主党に政権を担わせてみれば良い」と国民が動いた状況と同じかそれ以上に、政治不信と言うか自民党不信があるような気がするからです。実際、直近の世論調査における自民党支持率は、例えば「野党時代を除いて1960年の調査開始以来最低の14・6%」（時事通信）とか「25%（前回28%）で、政権復帰以降最低を更新」（読売新聞）といった有り様です。

自民党に対する信頼というのは、地に落ちてしまいました。「政治にはカネがかかる」――経済政策遂行に当たってお金が要ることは分かりますが、選挙に勝つためにお金が使われるというのでは本末転倒だと思います。清き一票を得るために本当にお金が必要か、私は非常に疑問視しています。今時分《いまじぶん》、もう少し有効なお金の使い方があるのではないでしょうか。

政治の根本およびその得失を論じた『申鑒《しんかん》』を著し、献帝に奉った後漢の学者である荀《じゅん》悦は、当思想書の中で「政を致すの術は、先ず、四患を屏く」として「偽私放奢」の四つの患《わざわい》を挙げています。この「亡国への道」としての偽私放奢、「偽…二枚舌、公約違反のたぐい」「私…私心、あるいは私利私欲」「放…放漫、節度のない状態」「奢…贅沢、ムダ使い、或いは心の驕り」とは、「この中の一つが目立っても国は傾く」というものです。

『論語』には「信なくんば立たず」（顔淵第十二の七）という政治の要諦がありますが、自民党不信が払拭されなければ、最早その政治は成り立たなくなるのです。従って派閥の行方についてもその領袖中心ではなく、25日にも決定される中間取りまとめを踏まえて民意を問い、民主的評決を得るべくして、取り敢えず党員の声も広く求めるべきだと思います。

政治家のレベルは、国民のレベルを指す

2024年1月26日

良民の上には良き政府あり

昨年末、尾崎行雄記念財団の書籍顕彰事業「咢堂ブックオブザイヤー2023」大賞（総合部門）に、拙著『人間学のすすめ』（致知出版社）が選ばれました。「人生の本舞台は常に将来に在り」――SBIグループ創業20周年記念のスピーチでも尾崎行雄氏のこの言葉を取り入れた位、常日頃尊敬している政治家の一人であり、こうした賞を頂き実に光栄の至りです。本稿では当該書籍より以下、「選考の決め手になった」とされる項「政治家のレベルは、国民のレベルを指す」を御紹介致しておきます。

安岡正篤先生はその御著書『東洋宰相学』の中で、「国家のためとか、民衆のためとか、奉仕とか、公僕とか、平生どれほど無欲で謙虚なことを口にしていても、いざ政権の争奪となると、またひとたび政権を取ったとなると、どう堕落しやすいか、これは誰も知っていることである」と述べておられます。

また、同著で先生が「政治家は恐ろしく多忙である。（中略）こういう多忙や奔走というものがどんなに人間の心情を荒《すさ》ませるかは言うまでもない。（中略）まして党派の中に伍して、対立や忿争《ふんそう》に駆りたてられる生活がどんなものであるかは想像に余りがあろう」と言われている通り、多くの政治家にとっては選挙の得票と権力の掌握が全てです。

ある政治学者は、議員は政策のための読書や議論の時間を確保すべきであり、本来の職務である政策形成にもっと時間を割くべきであるとの見解を示していましたが、その通りだと私も思います。

冠婚葬祭に頻繁に担ぎ出され、毎朝駅前に立っては演説をし、地元に戻っては次の選挙に備える、といった具合に政治家の多くは忙し過ぎて兎《と》に角《かく》時間がなく、ゆっくりと読書をする暇もないような状況です。しかしそうした状況が良いはずもなく、それなりの人から耳学問でも得ればよいのですが、今の政治家はそれなりの人も近辺に置いてはいません。昔であれば、吉田茂氏や池田勇人氏あるいは佐藤栄作氏や大平正芳氏等々、多くのリーダーが安岡先生を信奉し、先生からご進講を受け様々な話を聞いたりしていました。また大平氏などは、「どんなに忙しくても毎週一度や二度最寄りの本屋に立ち寄り、二、三冊新刊を求める」というように、彼自身が大変な教養人で数多の書籍を読んでいたわけです。翻《ひるがえ》って現役の政治家を見るに、耳学問を得るといっても安岡先生のような人物もいなくなり、誰にご教授願えばよいのかも分からない上、自分自身でそうした人物を探し出し親《しん》炙《しゃ》していこうという議員もほとんどいないように思います。

歴代政権が為し得なかった歳出改革の本命である社会保障改革（即ち医療費と介護費の伸びに歯止めを掛ける改革）を通じた財政の健全化にしても、世界の社会保障政策を勉強する十分な時間を持てなければ、結局官僚機構にいいように使われてしまうのではないでしょうか。

他方、日本の政治のレベルあるいは政治家のレベルと言ってもよいかもしれませんが、それは国民の選択により為されるものですからイコール国民のレベルを指しています。

例えば『学問のすゝめ』の中で福沢諭吉も、「かかる愚民を支配するにはとても道理をもって諭《さと》すべき方便なければ、ただ威をもって畏《おど》すのみ。西洋の諺《ことわざ》に『愚民の上に苛《から》き政府あり』とはこのことなり。こは政府の苛きにあらず、愚民のみずから招く災《わざわい》なり。愚民の上に苛き政府あれば、良民の上には良き政府あるの理なり。ゆえに今わが日本国においてもこの人民ありてこの政治あるなり」との指摘を行っています。

要するに愚民が選んだ政治家はこれまた愚かであるわけですから、やはり選挙権を行使する側が一体何をもって人を選んでいくかということも改めていかねばなりません。民主主義というのは基本は数が決めるわけですから、それは往々にして衆愚政治という形になって機能不全に陥る可能性があるものです。即ち、数の力によって正論を吐く一握りの人たちが埋没され、間違ったことが正しいことのように扱われ、結局通ってしまうといった問題を内包しているのです。

それ故、どうしても一般大衆のレベルを上げねば良き政治は成り立たず、常日頃から政策を選べる程度まで色々勉強をしておくことが望ましいのですが、残念ながらそういうことをする人はほとんどいないのではないかという気がしています。そもそも投票所にすら行かない国民もいて、一票を投ずる側もそれで選ばれる側も、もう少し多くの人たちが民主主義という社会システムへの理解を深め自らのレベルを上げることに日々努め、共に政策において如何に在るべきかを考え健全な政治を目指して欲しいものです。

第3章

自ら学び、人生を切り開く

人間力を高める

2023年4月13日

『論語』のエッセンス

『論語』から学ぶべき人間力向上のためのエッセンスは何かと問われれば、私は「君子の必修徳目である五常」「最上の徳としての中庸」「義利の辨《べん》」の三つだと思います。

第一に「君子の必修徳目である五常」。孔子を始祖とする儒学では、人間力を高めるために「五常…仁義礼智信」をバランス良く磨くべしとして、「修己治人…己を修めて人を治む」を実現すべく、この五点夫々にレベルが高いことを以て徳が高い人物だとされています。

「仁」とは、集団社会にあって最も基本となる徳目です。「仁は徳の光なり…仁は徳のなかの最も立派なものである」(『韓非子』)、「仁とは人なり…仁の徳をもっていればこそ、人間である」(『中庸』)と言われますが、孔子にとっても仁は「君子」と並ぶ大変重要な、言わばキーコンセプトであります。孔子曰く、「君子、仁を去りて悪《いず》くにか名を成さん。君子は食を終うるの間も仁に違《たが》うこと無し。造次《ぞうじ》にも必ず是《ここ》に於いてし、顛沛《てんぱい》にも必ず是に於いてす」(『論語』里仁第四の五)ということで、「君子は、仁を行う以外のことで名声を得ようとは思わない。君子はいつまでも仁と共にあり、たとえ僅かな時間でも、つまずき倒れるような時もそうでなくてはならない」のです。

次に「義」とは、人間の行動に対する筋道です。可否判断の基準であり、集団生活に欠かせぬ規範・規則を言います。「礼」は二側面を有し、エチケット&マナー(礼儀作法)及び秩序の維持を意味します。我々が生きるヘテロジニアス(異種混合)な世界を円滑に機能させてくれるもので、礼は仁の実践に不可欠です。「智」とは、人間がよりよく生きるための智慧《ちえ》です。理想実現に向けた未来への創造こそ、智の徳に依るものです。『論語』も二千数百年の歴史の篩《ふるい》に掛けられ、世界中で今なお読まれている書物であって、智を磨くには最適だと思います。時空を超え精神の糧となる古典を中心とした良書を深く読み込んで、私淑する人を得、その人を出来る限り吸収して行き、得た学びを知行合一的に日々生活の中で錬磨し実践して行くのです。

そして「信」とは、集団生活において常に変わることのない不変の原則です。これは他者との関係も含んでいて、自分に関わる前記した四常とは異なります。孔子は君子になるための絶対条件として信を捉え、信に非常に重きを置いています。それは例えば、「人にして信なくんば、其の可なることを知らざるなり」（『論語』為政第二の二十二）という言にもよく表れていています。つまり孔子は、「人間関係、人間の社会は信義に基づいて成り立っている。信義なくしては人間関係も社会も成立しない」と言っているのです。為政者に対する不信、人間への不信、友人への不信、親子・兄弟・夫婦間の不信――こうした不信に終始するならば、人はこの世に一刻も生きては行けなくなります。「信なくんば立たず」（『論語』顔淵第十二の七）です。

第二に「最上の徳としての中庸」。孔子は「中庸の徳たるや、其れ至れるかな」（『論語』雍也第六の二十九）と言うぐらい中庸を最高至上の徳として、真善美・知情意・詩礼楽等々あらゆる面でバランスの取れた人物を君子として尊び、自身もこの最上の徳の境地に近付こうと修養を積み重ねました。

中庸の徳は極めて難しく、中々若くして身に付けられません。また抽象的な概念であるだけに、その考え方も簡単には理解できません。平たくは、常時変わらぬ心（恒心）を持って全てを受け入れながら、一歩前に進んで行くのが中庸であるとも言えましょう。中庸とは、「無難」や「折衷」あるいは「間をとる」といった概念とは似て非なるもので、西洋哲学の「正反合」の「合」に当たるものです。より高次元での合に達すべくこの正反合を進める中で、次第に中庸（合）の域に達してくるのではないかと思います。

孔子は、中庸の精神を様々な形の中で持ち続けることを非常に大事にしていました。智と礼のバランスで一例を挙げますと、『論語』に「君子、博く文《ぶん》を学びて、これを約するに礼を以てせば、亦以て畔《そむ》かざるべきか」（雍也第六の二十七）とあります。これは、「君子は広く学んで知識や教養を身につけて、礼によってそれらを集約して自分の行動を律していく。そうすれば道を外すことはない」といった意味になります。集約するとは、その時代の慣行・習慣に沿うよう形を作り、実行するということです。

トップは、恒心とバランス感覚を備えた人物でなくてはなりません。孔子の君子像としては、一芸に秀でるだけでなく、幅広くその能力を発揮し、一定の型にはまらない人物と

言えましょう。何か一つの特性に偏っていると、臨機応変に万事に対応できません。また
トップが偏った視点を持っていると、部下の能力を公明正大に評価できなくなります。
「君子は器《うつわ》ならず」（『論語』為政第二の十二）で、器を使うのが君子なのです。

中庸の徳を養うべく、孔子は「子、四《し》を絶つ。意なく、必なく、固なく、我なし」（『論語』子罕第九の四）、即ち「私意がない、無理を通すことがない、物事に固執することがない、我を通すことがない」ことが大事だと考えて、「意必固我」を意識的に行わぬよう己を律し、大変バランスのとれた人物に出来上がりました。「学んで」「思うて」（『論語』為政第二の十五）己の視野を広め思考を深め、意必固我を遠ざけて排すことは、仁義礼智信に繋がる修養の第一項目なのです。

第三に「義利の辨《べん》」。南宋の思想家・陸象山《りくしょうざん》は、白鹿洞書院での講義で『論語』の「君子は義に喩《さと》り、小人は利に喩る…物事を判断する時、君子は正しいかどうかで判断するが、小人は損得勘定で判断する」（里仁第四の十六）を講じ次のように述べました。

——人の喩るところはその習うところによる。習うところはその志すところによる。義

に志すか利に志すかによって、ついに君子となり、小人となるのである。

中国古典の書には、義利の辨として「義」と「利」ということが沢山出てきます。『論語』でも右記の他、「利を見ては義を思い…利益を前にしても大義を考え」（憲問第十四の十三）とか、「利に放《よ》りて行えば、怨み多し…利害ばかりで行動すれば、必ずや多くの怨恨が生まれるだろう」（里仁第四の十二）といった具合に、孔子はこの二字について何度も触れています。

孔子曰く、「君子、義以て質と為し、礼以てこれを行い、孫《そん》以てこれを出だし、信以てこれを成す。君子なるかな」（『論語』衛霊公第十五の十八）ということで、「君子は道義を本とし、礼によって行い、謙虚な態度で物を言い、終始偽りのない信を貫いて事を成し遂げる。こういう人物が真の君子である」のです。

以上『論語』のエッセンス三点、「君子の必修徳目である五常」「最上の徳としての中庸」「義利の辨」につき述べてきました。君子を目指すべく我々は四を絶ち、人間力の源泉とも言い得る五常を身に付けて行きながら中庸を保ち、義に志すことが極めて大事なのです。

悪人と善人

2023年4月20日

善人は有るが儘《まま》で

明治の知の巨人・森信三先生は、次のように言われています。

――弱さと悪と愚かさとは、互いに関連している。けだし弱さとは一種の悪であって、弱き善人では駄目である。また智慧の透徹していない人間は結局は弱い。

私が私淑するもう一人の明治の知の巨人・安岡正篤先生の言葉を借りて言えば、善人は自分を省みるもので、「たいてい引込み思案、消極的で、傍観的であり、団結しない。自然の草木と同じように自ら生きる。他に俟《ま》たないもの」です。他方悪人は元来、「猛々《たけだけ》しく深刻で、攻撃的・積極的であり、必要に応じてよく団結」するものです。

「君子は義に喩《さと》り、小人は利に喩る」（『論語』里仁第四の十六）――本来人間は皆「赤心《せきしん》…嘘いつわりのない、ありのままの心」で無欲の中にこの世に生まれ、誰しもが持っている良心というのは、欲に汚れぬ限り保たれて行くものですが、段々と自己主張するようになり私利私欲の心が芽生えてき、そして私利私欲の強さに応じ次第に心が雲って行き、結果として悪人になる人も出てくるのだろうと思います。但し、私利私欲のため悪の限りを尽くす人間もいるにはいますが、根っからの苛烈な悪意が染み付いたような悪人は非常に少ないのではないでしょうか。

悪人というのは、ある面で鍛えられており結構強いものです。先に述べた両先生は共に、善人のある種の問題点を指摘されているわけですが、ではそれを克服すべく善人が変わる必要性があるのでしょうか。私は、善人は有るが儘《まま》で良いのではないかと思います。と言うのも、仮に善人が妙に機敏で活動的になり、てきぱきと何かをやり出したとなれば、最早それは善人とは言えない雰囲気を醸し出すようなことにもなるからです。
善人について、安岡先生は御著書『［新装版］運命を開く』で次のようにも述べておられます。

——悪人は一人でも「悪党」と言います。それじゃ善人をさして〝彼は「善党」だ〟とは言いません。悪党という語があっても善党という言葉は使わない。だから悪党と善人では、一応善人側が負けるものです。負けてから、懲りて奮起して、いろいろ苦労して勧善懲悪する。

「積善の家には必ず余慶有り。積不善の家には必ず余殃有り」（『易経』）——善行を積み重ねた家にはその功徳により幸せが訪れ、不善を積み重ねた家にはその報いとして災難が齎《もたら》されます。「俯仰《ふぎょう》天地に愧《は》じず」（『孟子』）——自らの心に一点の曇りなきことを、世のため人のためと思い、自分の使命として次々に堂々と為して行くならば、人の助けのみならず天もまた助けてくれることでしょう。こうして得られる様々なサポートもあって、善人というのは「負けてから、懲りて奮起して、いろいろ苦労して勧善懲悪する」ものです。

健康の三原則

2023年3月3日

心の奥底に喜びの心を

明治の知の巨人・安岡正篤先生は御著書『運命を創る』の中で、「何か人知れず良心が満足するようなことを、大なり小なりやると、常に喜神を含むことができます」と述べておられます。この喜神の「神」とは「精神の神、つまり心の最も奥深い部分を指す言葉」で、先生は次のようにも言われています。

――人間は如何なる境地にあっても、心の奥底に喜びの心を持たなければならぬ。これを展開しますと、感謝、或は報恩という気持ちになるのでありましょう。心に喜神を含むと、余裕が生まれ、発想が明るくなります。また、学ぶ姿勢ができます。

安岡先生は、人生を健康に生きて行く上で大事な三つのことに、「心中常に喜神を含むこと」「心中絶えず感謝の念を含むこと」「常に陰徳を志すこと」を説かれているのです。しかし例えば、「いつも感謝していることで健康になるのか？」とか、「この三つは本当に全て健康に結び付いているの？」などと、思われる人が沢山いるのではないでしょうか。私見を申し上げれば、この「健康の三原則」は皆夫々《それぞれ》、ストレスを溜めぬようにすることと関わっているのだと思います。

第一に「心中常に喜神を含む」。喜びまで含まずとも「天は常に味方してくれるんだ」といった、ある面での一つの安心感を持っていれば、余りくよくよせず齷齪《あくせく》せずにゆったりと居られるのではないでしょうか。人間にとって暗いというのは良くありません。時に生きるのもしんどくなってくると思います。常に明るい心、喜神を持たなければなりません。

第二に「心中絶えず感謝の念を含む」。「ありがとう」というのは、「有り難い」ということです。私達の日常では、正に有り難いことが幾つも目の前で起こっています。それに対する感謝の念が「ありがとう」なのです。「実に有り難ぅ」「本当に御苦労様」等々と常々感謝の念に溢れる人は、敵もさほどつくることなく、摩擦や争いの類も減ぜられることでしょう。

第三に「常に陰徳を志す」。「俺は世の為人の為に、これだけのことをしたんだ！」と言って回るのではなく、誰見ざる聞かざるの中で世に良いと思う事柄に対し、一生懸命に取り組むのです。それにより「常に喜神を含む」ことができます。陰徳を積み重ねている人は、「あの人よく頑張ってやるねぇ」と評価されることはあっても、貶《けな》されることは少ないでしょう。

以上より、健康の秘訣とは先ず出来るだけストレスが溜まらぬように生活をし、絶えず前向きであることです。人間、幸福であるか否かは極めて主体的なものです。幸福を感ずるため何が必要かといった時、その一つが喜神を含むということです。そしてまた、喜怒哀楽を直情的に出すよりも詰まらぬことで腹を立てたりしないというふうに、我が道を淡々と行くようなスタイルの人が結局健康を保てるのでしょう。私なども時々ぎゃあぎゃあ言っていますが（笑）、余りにうるさく言い立てていたら長生き出来ないのではないかと思います。

徳と才

2023年6月6日

私利私欲を排し世のため人のため尽くす

フリードリヒ・ニーチェ（1844年—1900年）の言葉に「才能が一つ多い方が、才能が一つ少ないよりも危険である」というものがあります。これについての私見を述べておきます。

先ず、人間各々がどういう才をどれだけ有するかを見極めることは難しく、そう簡単には分からないと思います。その上で、才能は多いに越したことはないのですが、余りに多く様々な面で恵まれていると結局絞り難くなるのかもしれません。そして十分に絞り切れない場合、努力が分散してしまい成果に繋がるものが少なくなるリスクが考えられます。

あるいは余りにも色々な事柄に興味・関心を持つため、一つの事への集中力が削がれ、努力の継続性が保たれない、といったこともあるかもしれません。

「人があれもこれも成しうると考える限り、何も成しうる決心がつかない」とは、オランダの哲学者・スピノザ（1632年―1677年）の言葉です。大事なのは優先順位付けであって、数多の選択肢より何を選び出し、何に全総力を傾けて一定期間没頭できるかだと思います。そのためには自分の本質というものを自分自身できちっと知り、「恒心…常に定まったぶれない正しい心」を保つことが肝要です。千変万化する状況の中、優先順位付けし直しながら、常々世のため人のためになる何かに情熱を燃やし、強い意志を持って是が非でも成し遂げようと粘り強くやり抜くのです。私利私欲を排し世のため人のため尽くす気持ちを失わない人が、終局天に守られて才を開花させ、後世に偉大な成果を残すものです。

才一つの多寡よりも危険なのは、徳が不十分なことです。『論語』に、「驥《き》は其の力を稱《しょう》せず。その徳を稱するなり」（憲問第十四の三十五）とあります。孔子曰く、「一日に千里も駆ける駿足を誇る名馬も、その馬の持つ力のみで勝っているのではない。良馬として兼ね備えていなければいけない条件、調教や訓練によって培われた能力、人に例えれば才能と徳があるためである。要するに才能に優れただけではなく、徳を修め徳を磨いて初めて俊足の名馬になる」ということです。才という字は副詞で読むと、「わずか」となります。ですから才能だけあっても、それだけでは僅かに過ぎません。「徳は才の主、才は徳の奴なり」（『菜根譚《さいこんたん》』）で、徳を併せ持って初めてその才能も生き、一人前になり得るのです。

中国・北宋の名臣であった司馬温公（1019年―1086年）の著書『資治通鑑』に、「才徳全尽、之を聖人といい、才徳兼亡、之を愚人という。徳、才に勝つ、之を君子といい、才、徳に勝つ、之を小人という」とあります。字義的に小人の「小」は「八＝微少」と「亅＝微細」に分かれますが、どちらも「わずか」ということです。自分の才能を世のため人のため尽くすことの出来るような人物が大きい者を、小人に対して君子と言うのです。

華がある人

2023年6月22日

内外両面バランス良く

ファッション誌『Domani』の公式サイトに、「〝華がある人〟の特徴・共通点とは？100人アンケートの結果と心理カウンセラーのアドバイスを紹介」（2020年9月23日、2023年11月9日更新）と題された記事がありました。そのカウンセラーは文末、「そもそも〝華がある〟という意味は、華やかさや華々しさを備えた様子を表す」と言われた後、次のように続けられています。

――人の印象に関する調査が様々な大学で行われていますが、共通している結論のひとつが〝最初の見た目の印象は、その後その人に対しての印象に影響を与える〟というもの。よって、まず見た目が一般的な人よりいい意味で目を引いている事は大切です。それに加えて、内面もキラキラしていると、その相乗効果により、華やかで〝華がある〟と感じさせる事になります。

人を見分けるには時間が掛かるもので、人は必ずしも見掛けによりません。孔子でさえ澹台滅明《たんだいめつめい》という人物が入門して来た時、余りにも容貌が醜かったため「大した男ではなかろう」と思っていたら、実は大人物であったという失敗談が『論語』にもある位です。ちなみに澹台滅明は、同じく孔子の弟子である子游《しゆう》が武城という国の長官となった時、部下として取り立てられ、その公平さを賞賛されています。

この世の中、ある程度華やかで見栄えがするような人もいるにはいます。しかし内面や如何にとなると、多くの場合はクエスチョンマークが付きます。何を以て華とするかは難しいところですが、私見を申し上げれば、内外両面バランス良く備わってはじめて一種の人間的魅力を有し、本当の意味での華になって行くのだろうと思います。『論語』に孔子の言として「質《しつ》、文《ぶん》に勝てば則ち野。文、質に勝てば則ち史。文質彬彬《ひんぴん》として然る後に君子なり」（雍也第六の十八）とあるように、「質朴さが技巧に勝れば粗野になる。技巧が質朴さに勝れば融通の利かない小役人然となってしまう。修養で身につけた外面的美しさと内面の質朴さがほどよく調和しバランスがとれていて、はじめて君子といえる」のです。正に、文質彬彬《ぶんしつひんぴん》（外面の美しさである文と内面の質がうまく調和していること）として然る後に華なり、でしょう。

飾り立てているだけでは、文質のバランスが良いとは言えません。それは見掛け倒しというものです。人は本当に分からぬものですが、他方、時の経過とその人に関わる出来事は人の本質的な部分を露わにします。一時は華があるよう見えたとしても、直ぐ鍍金《めっき》が剝げてしまうわけです。文質のバランスが取れているとは、その質がどっしりとあることが大前提です。内面が素晴らしい人は、その言動あるいは立ち居振る舞いに、様々あらわれてきます。内容のある話ができる人物に対しては、外見上の見る目もまた変わってくることでしょう。時間を掛け見続ける中で人物像は浮かび上がるもので、それが文質彬彬としていたならば華がある人と言えるのかもしれませんね。

最後に本稿の締めとして、明治の知の巨人・安岡正篤先生の言を御紹介しておきます。安岡先生の御著書『照心語録』にある次の言葉は、『孟子』の「面《おもて》に見《あらは》れ、背に盎《あふ》る」より述べられたものです。前はつくろえるが、後はごまかせません。

――人間は面よりも背の方が大事だ。徳や力というものは先ず面に現れるが、それが背中、つまり後姿――肩背に盎れるようになってこそ本物といえる。後光がさすというが、前光よりは後光である。

自分への挑戦

2023年7月3日

自らに打ち克つ

アゴラに、「宮崎駿氏に学ぶ『頑張ることの真の意味』」（2023年2月8日）と題された記事があり、筆者はその中で次のように述べています。

――結局、頑張るとか努力は可視化されることはほぼない。多くの人は仕事の成果プロセスではなく、結果しか見ない。だから頑張ること自体に意味はなく、その頑張りが成果に反映された時のみ意味を帯びるのだ。

そして筆者は、『『頑張りを認めてほしい』という主観的な希望は脇に置き、黙って頑張っていたら他者が評価してくれるような努力を目指したいものである。高い評価を受けたり努力をリスペクトされるようなアスリートやビジネスマンは、努力を自ら誇ることはしないのだ」と結んでいます。

世間では、出来ていないことを評価する人は概して珍しいと思います。世間というのは、結果が伴ってはじめて認めてくれるものです。今迄けちょんけちょんに言っていた人が、ある日突然がらっと180度宗旨《しゅうし》変えをし、評価するというようなところがあると思います。

従って孔子の有名な言、「自ら反《かえり》みて縮《なお》くんば、千万人と雖《いえど》も吾往《われゆ》かん」（『孟子』）の如く、世の毀誉褒貶《きよほうへん》など一々気にせずに自分が信ずることを唯《ただ》ひたすらに一生懸命やり上げる、という以外に無いと言えるでしょう。

私は、何か成そうと思えばそれは常に自分への挑戦でしかないと捉えています。自分への挑戦として何か目標を掲げ、その達成に向けて全力で難関を一つ一つクリアして行くことに過ぎないわけです。だから、そもそも頑張る・頑張らないといった世界とは異質なように思えます。

また、その挑戦に対する評価は自分が自分に下すべきもので、人に評価を求める類ではないと思います。人にリスペクトして貰いたい、と期待してやるような頑張りは真の頑張りではないのです。

「勝つは己に克つより大なるはなし」（プラトン）――所謂「克己心…自らに打ち克つ精神」は何をするにも一番大事だと私は思います。自分がやるべき事柄を、自分に挑戦しながら、唯々淡々とやって行くだけです。

リーダーの醍醐味

2023年7月12日

経営理念を愚直に堅持し弛《たゆ》まず実践

以前ある人から「北尾さんはリーダーとして人の上に立つ中で、どういうところに妙味を実感されますか？」と尋ねられました。

世の中には「リーダーの醍醐味は、全メンバーの人生の宝となる、理想のチームを創れること」とか、「リーダーシップによって、部下の心に火をつける。これこそが、リーダーの醍醐味」といった表現をされる人もいるようですが、先ず大前提としてプロジェクト個々の是非を問わなければなりません。最も大事なことは、大きな志を抱き全身全霊を傾ける対象が世のため人のためになるということであります。

その時そのプロジェクトを如何にして成し遂げるか――ヘンリー・フォードが「人が集まることが始まりであり、人が一緒にいることで進歩があり、人が一緒に働くことで成功をもたらしてくれる」と言われていますが、第一に人を集めることです。一人では大した事業は出来ないでしょう。目的遂行に当たっては、どれだけ最善の陣を敷けるか、言い換えれば最良のパートナーであり協力者を得られるかが成否を左右します。

その次のステージは、人を効率的に動かして行く組織を作って行くことです。私どもSBIグループに照らして言えば、私が描くビッグピクチャーに集った人達と共に、企業生態系のような組織を作り上げてきました。例えば、私達は証券事業およびベンチャーキャピタル事業からスタートしましたが、それに関連する多様な事業会社を設立する中で、相互進化と相互シナジーを徹底追求してきたということです。

こうした人集め・組織作りには、リーダーが「この集団はここの領域でこういう仕事をして、このように社会に貢献して進んで行くんだ」という明確なビジョン、更には組織としての使命を明示して行くことが極めて重要になります。こうした戦略立案等々が上手く機能して行く、といったところにリーダーの醍醐味があるのではないかと思います。

私は1999年のグループ創業時、「正しい倫理的価値観を持つ」「金融イノベーターたれ」「新産業クリエーターを目指す」「セルフエボリューションの継続」「社会的責任を全うする」をコーポレートミッションとして掲げました。以来一貫してこの経営理念を愚直に堅持し弛まず実践してきたことが、SBIグループの飛躍的な成長の根底にあると考えています。

ビジョンを共有する

2023年8月2日

「偉大とは人々に方向を与えることだ」

ITmedia ビジネスオンラインに、「部下がどんどん『指示待ち人間』に――絶対にしてはいけないマネジメント法：マネジャーのお悩み相談室」（2022年9月12日）と題された記事がありました。筆者に拠れば、「メンバーが自発的に動くためには（中略）指示は具体的すぎても抽象的すぎてもダメで、『程よい抽象度』で設定することがポイント」だということです。

私は以前、『リーダーの醍醐味』（2023年7月12日）と題したブログへの投稿（本書138ページ）で次のように述べました。

――人集め・組織作りには、リーダーが「この集団はここの領域でこういう仕事をして、このように社会に貢献して進んで行くんだ」という明確なビジョン、更には組織としての使命を明示して行くことが極めて重要になります。

組織というのは、ある種の同志的結合や一定の倫理的価値観といった共通意識を持っている必要があります。それが十分に伴わなければ、組織としての体を成さなくなります。共通意識を持たないばらばらの個人が自発的に動いたとしても、目的遂行に向かい自発的に動く組織にはならないのです。

上司と部下がベクトルを共有し、同じ方向に向かって動く一体感ある組織というのは、活気があって成長スピードも速いものです。会社における一体感とは、コーポレートビジョンをきちっと共有しながら、それが例えば各部の戦略的な対応という形になり、それを成し遂げるメンバーが同志になって行くところから生まれてきます。そのため同志的結合のある組織が最も強くなるのです。

「偉大とは人々に方向を与えることだ」とフリードリヒ・ニーチェも言うように、上司は部下に対し常に方向を与えねばなりません。様々な事柄を考え抜き、より良い状況を作り出して行く方向の選択を、私利私欲を離れたところで為して行くのです。そして上司自身が自分の言葉で、その方向を与える理由をロジカルに分かり易く部下に説明できなければ、組織が自発的に動いて行くことはないでしょう。

メンバー全員が納得し共通意識を持つように導くことは、リーダーの大変重要な役割です。会社であれば、コーポレートミッションを全社員間に定着させ、それに基づいたコーポレートビジョンを明示して、全員のベクトルが同じ方向を向くようにする中で同志的結合が生まれ、皆一丸となって頑張ろうという形が出来上がって行くのです。

人生は好転し得る

2023年8月14日

人物を高める努力を終生惜しまぬこと

２０２３年４月下旬、「元衆議院議員の武藤貴也容疑者、路上で知人を車に押し込み監禁の現行犯で逮捕　被害者待ち伏せの男ら５人も」というニュースがあり、元衆院議員で弁護士の若狭勝さんが次のようにコメントされていました。

――人の一生を見ていると良い回転をしていく人と、どんどん落ちていってしまう人がいるんですよね。彼も今、後者の落ちていってしまっているような感じがするんで、何とかきちんとまた元に戻ってほしいなと思います。

この両者を分けるのは禅語にある通り、「善因善果《ぜんいんぜんか》・悪因悪果《あくいんあっか》」ということではないかと思います。良いことをやれば良い結果が生まれ、悪いことをやれば悪い結果が生まれます。悪事に染まって行けば、人生も破綻して行くのです。

あるいは『易経』にあるように、「積善の家には必ず余慶有り。積不善の家には必ず余殃有り」。善行を積み重ねた家にはその功徳により幸せが訪れ、不善を積み重ねた家にはその報いとして災難が齎されます。情けは人の為ならず、やがては自分に返ってくるのです。今迄の私の体験に基づいて言えば、人生「良い回転をしていく」か否かは基本、自らの行いによるものだと思います。日々自分を厳しく律し生きて行かないと、碌《ろく》な結果にはならないということです。また何事も、悪いように考えれば結果悪くなることが多く、良いように考えれば結果良くなることが多いものです。

一度落ちてしまった人生を好転させるには、徹底的に反省し、自分を変えようと心底思わなければ駄目でしょう。兎に角それは、世のため人のため生きて行くというふうに人間が変わらねばならないということです。前記の善因を一言で言えば、この「世のため人のため」の行動・行為であろうと思います。

自分を変えることは簡単ではありませんが、出来ないことではありません。唯そこにはやはり、それなりの努力が求められます。『淮南子』に「行年五十にして四十九年の非を知り、六十にして六十化す」とあるように、「化す」というのも人間としての在るべき姿です。人物を高める努力を終生惜しまなければ、人間は常に変身し変わり得るものなのです。

過てば則ち改むるに憚ること勿れ

2023年10月3日

「自分を育てるものは結局自分である」

『論語』に、「過ちて改めざる、是《こ》れを過ちと謂《い》う」（衛霊公第十五の三十）とあります。人が自分の過ちに気付いたとして、何故「改めざる」のでしょうか。「正しさを認めたら負け」「痛い目に合いたくない。白を切ろう」――修養が足りないので、素直に過ちを認められず、悔い改められないのだと思います。心に見栄とか執着とかエゴといったものがあらわれ、結局過ちを繕うのだと思います。

私は常日頃、自分自身にも社員に対しても「過ちは過ちと認めて、過ちを二度と繰り返さないように」と言い聞かせています。何の間違いも犯さない神のような人間などこの世には存在せず、過つことは仕方がありません。但し、過った後の行動がどうなのかが問題なのです。「小人の過つや、必ず文《かざ》る」（『論語』子張第十九の八）というように、とかく小人は自分が過った場合それを素直に認めずに、人のせいにしたり、あれこれと言い訳をしたりするものです。更には、その過ち自体を正しいなどと言い触らし、人に押し付けて行くような愚人すらいます。

そうではなくて「君子は諸《これ》を己に求め」（『論語』衛霊公第十五の二十一）、繰り返し過たぬよう細心の注意を払うことが大事です。『易経』に、「君子豹変す、小人は面《おもて》を革《あらた》む…君子とは自己革新を図り、小人は表面だけは改めるが、本質的には何の変化もない」とあります。君子たる者、「過てば則《すなわ》ち改むるに憚《はばか》ること勿《なか》れ」（『論語』学而第一の八／子罕第九の二十五）という姿勢を持たなければなりません。

孔子が、弟子・顔回を「顔回なる者あり、（中略）過ちを弐《ふたた》びせず」（『論語』雍也第六の三）と評しているように、決して同じ過ちを犯さなかった彼は普通の人間ではないでしょう。しかし我々凡人は、ごく普通に過ち、またそれを繰り返すことすらあります。「あぁ間違っていた。あなたの方が正しい」と心底思って素直に伝えるような人は、二度と同じように過たず、自分自身の進化に繋げて行くことも出来るでしょう。勿論そこには、深い反省および厳たる誓いが求められます。「過ちて改めざる」ことこそが、本当に恥ずべき過ちなのです。

最後に一言、自分の過ちに気付けない人につき述べておきます。何遍教えても分からない人は、現実に沢山います。「自分を育てるものは結局自分である」とは、明治から昭和の国語教育者・芦田恵之助先生の言です。自分が不断に修養し続けることが全てであり、先ずは自分自身で己の過ちに気付かなければ、如何ともしようも無いでしょう。周りの人はそのサポートに徹するのが良いでしょう。

人物を鑑別す

2023年12月4日

どのような人を自分の周りに置くか

嘗て『人物を見極める』（2021年3月15日）と題したブログの中で、私は次のように述べました。

――『論語』に、「其の以す所を視、其の由る所を観、其の安ずる所を察すれば、人焉《いずく》んぞ廋《かく》さんや、人焉んぞ廋さんや」（為政第二の十）とあります。つまり、「人の一挙一動を見て、これまでの行為を詳しく観察し、その行為の動機が何なのか分析する。そして、その人の安んずるところ、つまり、どんな目的を達すれば満足するのかまで察する。そうすればその人の本性は隠しおおせられるだろうか？　決して隠しおおせないものなのだよ」と孔子は言うのです。「視・観・察」で人を見抜くことは、極めて有力な方法だと思います。

人物鑑別については、中国明代の著名な思想家・呂新吾の『呻吟語』でも多く触れられています。その一節に、「四看《しかん》」ということがあります。第一に、「大事難事に担当を看る」。事が起これば、その担当官の問題への対応能力を見るということです。併せて仮に自分自身が同じ状況に置かれた場合、如何に処するかを常に主体的に考えるということです。第二に、「逆境順境に襟度《きんど》を看る」。襟度の「襟」は「心」を指し、「度量の深さを見る」といったことです。世の中は、万物全て平衡の理に従って動いており、良い時・悪い時に襟度を見ると言っています。第三に、「臨喜臨怒に涵養《かんよう》を看る」。喜びに臨んだ時に恬淡《てんたん》としているか、怒りに臨んだ時に悠揚《ゆうよう》としているか、といったところに涵養を見ると述べています。第四に、「群行群止に識見を看る」。その人が大勢の人（群行群止）の中で大衆的愚昧《ぐまい》を同じようにしているか、それとも識見ある言動をとっているかを見て、人を見抜いて行くということです。

明治の知の巨人・安岡正篤先生曰く、「スイス近世の賢者ヒルティも、男も女も辛いこと、苦しいことに際して最もよく彼等を知ることができる。一番わからないのは社交の場、特に娯楽場や避暑地などであるといっておる。文明都市の社交生活ではその通りであるが、こう世界が乱れてくると、本当に人物がわかるではないか」（『百朝集』）とのことですが、私は人物を見極めることは非常に難しいことだと思います。トップというのは人物を見る目、そして人を用うる徳といったものが求められます。国であれ企業であれ何であれ、トップにとってどのような人を自分の周りに置くかは極めて重要です。これまで述べたように人の見方は様々ですが、「恒心…常に定まったぶれない正しい心」であるかどうかの一点こそが急所であり、この恒の心を維持できる人が人物だと思います。トップは人物を得るべく、最大限の努力を払わねばならないのです。

最後に、渋沢栄一翁が「大事業を成す人の鑑識」（『処世の大道』）と題し述べられた次の言葉を御紹介し、本稿の締めと致します。

――非凡の才識を具えられた人で、存外人物の鑑別眼に乏しい方が少なくない。いかに自分に才識がなくっても、人物についての鑑別眼さえあれば部下に優秀の人物ばかりを網羅し得られるから、自分だけの才略知能をもってするよりも遥に良成績を挙げらるるものである。昔から大事業を成した人は、自分の才識によるよりも部下に人物を得た人の方に多いように思われる。一人の才識知能はいかに非凡であるからとて、およそ限定のあるものので、そうそう隅から隅にまで及び得られるものでない。しかし、才識があり手腕のある人を遺憾なく部下に網羅して置けば、各その特技を発揮し、一長一短相補い、事業を大成し得らるるものである。故に、苟も大事業を成さんとするの大志ある人は、自分の才識によって事を遂げようとするよりも、人物を鑑別して適材を適所に配置し、部下に人を得ることに意を用ひねばならぬものである。

苦に耐え、人物として成長する

2023年12月14日

天下人であれ、苦からは逃れられない

拙著『出光佐三の日本人にかえれ』(あさ出版)第三章の「大きく行き詰まれば、大きく道が開ける」で、私は出光さんの次の言、「不景気大いに結構、天下大乱いいじゃないか。人間は苦労しなければだめだ。苦労すればするほど立派になる。僕など努めて苦労してきたから、何が起こってもビクともしない。(中略)苦労に負けてはならない。ここがキーポイントである。苦労を征服して人間として立派になる。難路を歩いてこれを突破してきた人は、人間として最高の道を歩いてきた人である」を御紹介しました。

そして、出光さんは続けて次のように述べておられます。

——僕は人間というものは苦しいものと思っている。苦しみは死ななければなくならない。しかし、その苦労は無意味なものではない。苦労をすればするほど人間らしくなる。僧侶とか学者とか、現実的でない人は死ぬまで修養している。修養は今の人に言わせれば苦しみである。僕に言わせれば、その苦しみを楽しみとするのだ。しかし、僕もはじめは修養を非常に苦しみと思った。どうしてこんなに苦しむのかと思ったが、それを苦しみと思っていたのではしょうがないから、しまいに、それを楽しみに思うように変えただけの話である。

中国清朝末期の偉大な軍人・政治家で太平天国の乱を鎮圧した曾国藩も、「四耐四不《したいしふ》…冷に耐え、苦に耐え、煩に耐え、閑に耐え、激せず、躁《さわ》がず、競わず、随《したが》わず、もって大事を成すべし」ということを言っています。要するに、どんな人であれ苦が無い状況にはなりません。例えば、ローマ帝国の歴史を読んでいても「皇帝になっても常々色々な苦があるんだなぁ」とつくづく思いますし、ＮＨＫ大河ドラマ『どうする家康』を見ても、天下人であっても、様々な苦から逃れられないわけです。

結局のところ、耐えるということで次第に人物が大きくなって行き、人物が出来てくるのだろうと思います。敢えて苦労を自ら求めるような艱難辛苦《かんなんしんく》の道を進まれた結果として、出光さんも人物に成られたのでしょう。我々の思い出として残っているのは、どちらかと言うと苦労した時の出来事が多いものです。苦労を振り返って見ても、楽しいとか微笑ましいと迄は行かなくても、苦を切り抜けたという安堵感、切り抜けられたという一種の自己満足、更にはその過程での自己成長による充足感等々の気持ちが生まれてくると思います。

「自己の充実を覚えるのは、自分の最も得意としている事柄に対して、全我を没入して三昧の境にある時です。そしてそれは、必ずしも得意のことではなくても、一事に没入すれば、そこにおのずから一種の充実した三昧境を味わうことができるものです」と、明治の知の巨人・森信三先生は言われています。三昧に至るとは、道楽であれ仕事であれ、非常に大事な境地だと思います。

これを『論語』で言えば、「これを知る者はこれを好む者に如かず。これを好む者はこれを楽しむ者に如かず…ただ知っているだけの人はそれを好む人に及ばず、ただ好むだけの人はそれを楽しんでいる人に及ばない」（雍也第六の二十）ということです。何事につけ、単に「知る」ところから出発し「好む」段階を経て、漸く「楽しむ」境界《きょうがい》に入って行けるものです。出光さんのように修養という「苦しみ」を「楽しみに思うように変えただけの話」と言えるようになる為には、修養というものを深く知り、好きになるまで耐え続けなければならないのだろうと思います。

出る杭は打たれる

2024年1月11日

打たれても撥《は》ね退け苦労して勝ち抜く

嘗て、『わが人生闘争なり』（2015年12月22日）と題したブログで、私は次のように述べました。

――我が国では「出る杭は打たれる」ということが一つのナショナルステレオタイプ（national stereotype）のようなものとして、確かにあるように思われます。（中略）私など特段成功しているわけではありませんが、今日までよく足を引っ張られどんどん金槌で叩かれながら、そうしたもの全てをはね飛ばしてきました。野村證券時代を振り返ってみても、同期同士が足を引っ張り合うという様で、そうした妬《ねた》み・嫉《そね》み・嫉妬の類と徹底的に戦って生きてきたわけです。

世の中には、平均的には恵まれた人だと思えるような人でも、他の人に対して「あの人は金持ちだ／私は貧乏だ」「あの人はどの学校を卒業した／私はこんな学校しか出ていない」等々と、自分との相対比較で考えることが多いように感じます。そういう人は物事を相対比較し、「自分が上なのか下なのか」といった物差しで推し量っているわけです。

明治の知の巨人・森信三先生が言われる通り、あらゆる不幸は相対観から出発します。だから私はこれまで幾度となく、「相対観から解脱せよ」と指摘しているわけです。「我は我、人は人にてよく候」(熊沢蕃山)――そして自分より優れた人を見たならば、「いやぁ、あの人は大したもんだ。少しは真似しないとなぁ」と発奮し、修養して行くよう努めることが大事です。しかし人間というのは、中々そうは出来ないものです。但し、一種の誇大妄想的な自信過剰の人にとっては、妬み・嫉み・嫉妬の類自体がそもそも無いのかもしれませんが(笑)。

日本のような国では、これからも出る杭は打たれて行くのかもしれません。問題は、周りから色々妬まれたり、いじめられたりする中で、へこたれないということです。出光興産創業者の出光佐三さんにおかれても、例えば「いじめられるということがわれわれにとっては鍛錬であり、わたしは非常に感謝をしておる。日本の政府までが外国の石油カルテルといっしょになって、出光を鍛錬してくれる。このようにいじめられて、鍛錬されたところに、今日の出光の強さができ」たと述べておられます。打たれても撥ね退け、苦労して勝ち抜いて行く過程で、自分を大きい人間にして行くことが大事だと思います。

それからもう一つ、子を躾け育てて行く上で大切な教育思想として、相対観からの解脱ということが求められます。競争を煽るばかりの教育ではなくて、「我は我、人は人にて」というように、自分の考え方を持つよう育むのです。同時にまた、「なぜ彼は自分と考え方が違うのか」といったことを不思議に思い、調べよう、観察しようと思うように導くのです。相対観を脱し、絶対観の立場から物事を見る人が少しずつでも増えて行けば、世の中も一歩一歩変わって行く可能性があるのではないでしょうか。

世界観というもの

2023年7月25日

「何となく」が大事に

プレジデントオンラインに、「ネガティブ思考は伝染してしまう…『負の発言』しかしない人と罪悪感ゼロで絶縁する最強のフレーズ 人間は無意識に相手の表情を真似してしまう」（2022年10月7日）と題された記事がありました。「脳科学者」である筆者はその中で、次のように言われています。

――人は「ひとり」にならないと、「自分だけのことば」は降りてこない。物理的にひとりになるだけじゃだめだ。SNSから離れ、人の思惑から離れる時間がないと、脳が世界観をつくれないのである。人の思惑を探る瞬間、脳では、横方向の神経信号が流れる。世界観をつくるには、縦方向の信号を使う必要があり、そのためには、ひとりでぼんやりしたり、何かに没頭したりする時間が不可欠なのだ。

国語辞典を見ますと、世界観とは「世界およびその中で生きている人間に対して、人間のありかたという点からみた統一的な解釈、意義づけ。知的なものにとどまらず、情意的な評価が加わり、人生観よりも含むものが大きい」などと書かれています。私見を端的に申し上げれば、世界観に広がりを作って行くには自分自身が経験をすることだと思います。世界観というものは、何も変化のない所で多少本を読んでみても広がることはないでしょう。例えば私の場合、十年以上海外に住み世界100カ国位を旅してきましたが、その経験は自分の世界観を醸成する上で、あるいは大きくして行く上で非常に役に立ったと思っています。取り分けその国に住んでみて、異なる歴史・伝統・文化の中で生きてきた異なる言葉を話す人間達を知ることで、実感として世界観の広がりが出てくると思います。

私は例えば、ケンブリッジ大学経済学部在籍時およびワッサースタイン・ペレラ・インターナショナル社常務取締役時代、英国に住んでいました。当国を構成する四地域（イングランド、ウェールズ、スコットランド、北アイルランド）は、夫々に夫々なりの歴史・伝統・文化というものを根強く持っています。実際にそこで生活し、様々な事柄が絡み合い複雑に作用し合う中で初めて、それら凝縮されたものが体験的に何となく分かってくるのです。広大な世界観を築き上げるには、体系立ててというよりも、その「何となく」が結構大事なのではないでしょうか。

73歳を前にして

2024年1月19日

体力・気力・知力を保つ

明後日1月21日に、無事73回目の誕生日を迎えることが出来そうです。本年、私の誕生日が日曜日ということで、金曜日から皆様色々と祝ってくれて、御祝いを言って貰っています（笑）。

今年もまた、自宅や会社が植物園のような状況になっています。沢山の御花やプレゼントを何時も忘れずに届けて頂き非常に恐縮に思います。小生はいつも多くの人に支えられて本当に幸せ者です。

私共SBIグループは本年、創業25周年を迎えることになります。新型コロナウイルス禍前の夏に20周年を迎えて後、アッという間に五年という月日が経とうとしています。しかし、その間に起こった「シンカ（深化・進化）」は凄まじいものがあります。当社の株式も本日ザラ場で時価総額ほぼ1兆円超に達しました。

組織の長は、体力・気力・知力が充実していなければ務まりません。御陰様で私の場合は今の所、体力・気力・知力とも充実しています。これからも5－ALA（5－アミノレブリン酸）を積極的に摂取しながら健康に留意し、この25年間を土台に更なる「シンカ（深化・進化）」を続け、次なる30周年の節目を今の体力・気力・知力を保ちながら迎えられたらと思います。

今日まで、私のブログや書籍を御読み頂いている方々、また仕事上色々な事柄で関わりがある方、とりわけグループ各社の御客様等々、またグループの役職員に対し、今日この日を幸せに迎えられたことを本当に感謝したいと思います。皆様どうも有り難う御座いました。今後益々「惜陰《せきいん》…時間を惜しむこと」ということをし、一日一日を世のため人のため尽くして生きて行きたいと思います。

ちなみに、拙著『逆境を生き抜く名経営者、先哲の箴言』（朝日新聞出版）でも御紹介した私が尊敬する稲盛和夫（1932年―2022年）さんも、私と同じ1月21日生まれということらしいです。但し稲盛さんの御両親が役所に届けるのが遅れて、戸籍上は1月30日を誕生日とされています。

礼楽を楽しむ

2024年2月1日

礼と楽とのバランスが重要

『論語』に、「益者三楽《さんらく》、損者三楽。礼楽《れいがく》を節せんことを楽しみ、人の善を道《い》うことを楽しみ、賢友多きを楽しむは、益なり。驕楽《きょうらく》を楽しみ、佚遊《いつゆう》を楽しみ、宴楽を楽しむは、損なり」（季氏第十六の五）という孔子の言があります。これは「三種類の楽しみは有益で、三種類の楽しみは有害である。礼楽の楽しみ、他人の長所を語る楽しみ、多くの賢人と交わる楽しみ、これらは有益である。贅沢の楽しみ、遊蕩の楽しみ、飲み食いの楽しみ、これらは有害である」といった、極当たり前の言葉です。また「賢友多きを楽しむ」とは、以前『友を択ぶ』（2022年8月30日）と題したブログ記事で御紹介した「益者三友」の一つ、

「多聞《たもん》を友とする」（『論語』李氏第十六の四）に同じだと思います。

常に穏やかな人物であったと想像できる孔子も、例えば宰予《さいよ》という弟子が昼寝をしているのを見て、「朽木は雕《ほ》るべからず、糞土の牆《しょう》は杇《ぬ》るべからず。予に於いて何ぞ誅《せ》めん・・」腐った木に彫刻はできない。汚れた土塀は塗りかえできない。おまえのような男は叱る価値すらない」（『論語』公冶長第五の十）と、殆ど罵倒と言っても良い程の激しい言葉で叱責しています。「益者三楽、損者三楽」という言葉が宰予に向けられたものかは分かりませんが、「放蕩三昧していたら色々疎かになり碌な結果になりませんから、まともな道を歩んで行きなさい」と孔子は言っているのでしょう。その意味で、「礼楽を節せんことを楽しみ」としている理由の一つは、礼とは基本、モラルの問題だからだと思います。

拙著『ビジネスに活かす「論語」』（致知出版社）のプロローグ「バランスの中から調和が生まれてくる」で、私は次のように述べました。

――「礼」というものは儒学があげる重要な五つの徳目・五常《ごじょう》の一つですが、これは決まった形式を指していると考えていいでしょう。（中略）一方、「楽」というのは音楽のことです。この「礼」と「楽」が一つになって、バランスを形成しているのです。

キリスト教では賛美歌を歌います。仏教では読経自体が一つの楽を奏《かな》でていますし、その合間に鐘《かね》をチーンと鳴らしたり、木魚をポクポクと叩いたりします。これらは礼楽が合わさったものと見なすことができるでしょう。

礼ばかりでは形式的になりすぎて堅苦しさだけが残ってしまうし、楽ばかりでは節とケジメというものが失われてしまう。その両者のバランスがうまくとれて、人の心は和《なご》み、厳《おごそ》かな雰囲気も保てるのです。

すなわち、礼楽が揃《そろ》ったときに一つの調和が生まれるわけです。そういうふうに調和をすることが一番大事であると、『論語』は教えています。

孔子は「中庸の徳たるや、其れ至れるかな」（『論語』雍也第六の二十九）と言う程に、中庸を最高至上の徳として、真善美・知情意・詩礼楽等のあらゆる面でバランスの取れた人物を君子として尊び、自身もこの最上の徳の境地に近付こうと修養を積み重ねました。孔子流の考えとは、礼と楽とが相俟ってバランスを取り、情操も成長させて行くというものです。

礼楽を楽しむというのは、非常に大事なコンセプトだと思います。

自己を徹見《てっけん》す

2024年2月8日

己を知ることは極めて難しい

私が私淑する明治の知の巨人・安岡正篤先生の言葉に、左記「始終訓」というものがあります。

一、人の生涯、何事によらず、もうお終いと思うなかれ。未だかつて始めらしき始めを持たざるを思うべし。
一、志業《しぎょう》は、その行きづまりを見せずして、一生を終るを真実の心得となす。
一、成功は、一分《いちぶ》の霊感と九分の流汗《りゅうかん》に由る。退屈は、死の予告と知るべし。

右記の内「未だかつて始めらしき始めを持たざるを思うべし」とは、「もうお終いと思う」その人が、それがすでに始まったと勝手に思い込んでいるだけではないかということでしょう。「真の志を得ているのか」「本当の天命を感得したか」――真の自分すら掴んでいないのに、始めだとか終わりだとか言っても仕方がないのです。

そもそも自分自身とは、分かっているようで中々分からぬものであり、自分自身を知ることは古代より人類共通のテーマです。自分自身を知ることを、儒教の世界では「自得…本当の自分、絶対的な自己を掴む」と言い、仏教の世界では「見性《けんしょう》…心の奥深くに潜む自身の本来の姿を見極める」と言いますが、自己を得るべく修行することがあらゆることの出発点です。

安岡先生は御著書で「人間は自得から出発しなければいけない。人間いろんなものを失うが、何が一番失いやすいかといいますと、自己である。根本的本質的に言えば、人間はまず自己を得なければいけない。人間は根本的に自己を徹見する(把握する)。これがあらゆる哲学、宗教、道徳の根本問題である」と仰っています。

要するに、鏡に映る自分の姿は鏡を通じた一種の虚像であり、本物ではないのと同様に、心の奥深くに潜む自分自身、即ち己を知ることは極めて難しいことなのです。それは人生で様々な経験を重ねて行く中で少しずつ分かってくるもので、それが人間一人ひとり出生時に天が与えし命に繋がって行き、世のため人のためという志になるわけです。

「人の生涯、何事によらず、もうお終いと思」ってはなりません。この世のあらゆる出来事は皆、天の配剤です。我々人間は、人の人たる所以の道を貫き、唯ひたすらに努力し続けて、天が与えたもうた自分の役目を己の力で一生懸命追求し、その中で自得して行くのです。

師というもの

2024年2月9日

いかなる師を持つかが重要

嘗て『「憤」の一字を抱く』（2015年6月26日）と題したブログの中で、私は次のように述べました。

――誰を師として選ぶかは、人生の一大問題と言っても過言ではありません。昔の人が師を求めて色々な所を旅し、そしてこれと思う人の所で「私の師になってください」と三日三晩立ち尽くめ、三日三晩座り尽くめで御願いしていた類の話はよく聞きます。目の前で師と触れ合い、師の謦咳《けいがい》に接することが最も望ましいのは言うまでもありません。但し、残念ながら師に恵まれることが叶わぬ場合は、師と定めた偉人の書を通じて学び、それを血肉化していけば良いのです。

日本が誇るべき大哲人・教育家である森信三先生の大阪天王寺師範学校本科での講義を纏めた『修身教授録』の第1部、第10講「尚友」には次のように書かれています。

――人を知る標準としては、第一には、それがいかなる人を師匠としているか、ということであり、第二には、その人がいかなることをもって、自分の一生の目標としているかということであり、第三には、その人が今日までいかなる事をして来たかということ、すなわちその人の今日までの経歴であります。そして第四には、その人の愛読書がいかなるものかということであり、そして最後がその人の友人いかんということであります。

これら五点は全て相互に関連しています。例えばいかなる師を持つかということに、愛読書や人生の目標は強く影響されるものです。ですから、これらの中で他への影響力の点で何が重要かと言えば、第一の師匠であると言えましょう。何のベースも持たずに自分を磨くことは大変難しく、師は非常に大きな存在です。自分の範とすべきものがあり、その人物がどのようにそうなり得たか等々を学んで初めて、自分もその人物に近付こうという思いに駆られます。

他方注意すべきは、「妄《みだ》りに人の師となるべからず。又妄りに人を師とすべからず」と、明治維新前夜の人物の中で私が最も偉大視する吉田松陰先生が言われることです。先生が言わんとしているのは、要するに師に埋没して己を失うことなく、常に主体性を持ってやりなさい、ということでしょう。色々な師に学んで行くのは、それはそれで良いと思いますし、何らかを極めるべく精神錬磨を経た道で以て師に選ばれるような人の多くは、それなりの人物が出来上がっていると思います。

例えば、歴代1位の連勝記録を持つ第35代横綱・双葉山は安岡正篤先生に傾倒していたそうですが、彼は当時前頭4枚目だった安藝ノ海（第37代横綱）に敗れ、記録が69連勝でストップした時、洋行中であった安岡先生に「われ未だ木鶏《もっけい》（木彫りの鶏のようにどんな相手が来ようとも全く動じない闘鶏）たりえず」と打電したと言われます。相撲道という道を極めようとし、相撲の世界で達人になった双葉山は、やはりそれだけ人間としても心技体を徹底的に磨くべく、様々な書を読み色々な形で修養していたのでしょう。ですから、「未だ木鶏たりえず」などというような言葉が適宜適切に出てくるのだと思います。

勇気というもの

2024年2月13日

正しいと信じた道を突き進んでいく

嘗て南アフリカにあってアパルトヘイト（人種差別・隔離政策）を廃絶すべく27年に及ぶ服役を経て、遂には大統領となった故ネルソン・マンデラ氏は、「勇気とは恐怖がないことではなく、恐怖に打ち勝つことだと学びました。勇敢な人とは、恐れを感じない人ではなく、その恐れを克服する人です」と言われています。

この勇気ということについて私は、以前『勇なきは去れと言うけれど』（2022年10月17日）というブログの中で次のように述べました。

――天下の「三達徳」知・仁・勇は『中庸』にある徳ですが、『論語』の中では勇は他の二つに比してやや低く扱われています。歴史的に見ても、勇は『孟子』以降に付け加えられ三達徳という形になったようです。

此の勇も色々で、例えば兎に角いきり立って冷静な判断をせず猪突猛進するタイプ、つまり血気の勇です。他方、「義を見て為《せ》ざるは、勇なきなり」（『論語』為政第二の二十四）とあるように、正義・大義に基づく高徳に繋がる勇もあります。

勇気とは、日本人にとっては武士道、あるいは更に遡って儒学といった所にその源泉があるのではないかと思われ、「義」というものと密接に結び付いているような気がします。拙著『安岡正篤ノート』（致知出版社）でも述べた通り、元々日本にあった神道に外来の思想・宗教（儒教や仏教等）が入ってくると、日本人はそれらを受容し、より高次元に発展させていき、その最終型として武士道というものに繋げていきました。これが正に「和」の魂でありますが、日本人の祖先が儒学の中から義を学び取り、武士道の中でそれを世界に比類なき一つの行動哲学として開花させたように思うのです。

「内《うち》に省みて疚《やま》しからずんば、夫《そ》れ何をか憂え何をか懼《おそ》れん」（『論語』顔淵第十二の四）――私が中国古典とりわけ『論語』から学んできたのは、自分の考える筋を通し、義を貫くという生き方です。私もこれまで、いかなる事態に直面しようとも主体性を持ち、そうした姿勢を崩さず、勇気を持って貫き通してきたつもりです。「人間の真実の価値は、なさねばならぬことをきちんとするところにある」（河合栄治郎）と思うのです。

『孟子』に「自ら反《かえり》みて縮《なお》くんば、千万人と雖《いえど》も吾往《われゆ》かん」という、あの有名な孔子の言があります。世の様々な評判を一切気にせずに、多くの反対があろうとも自分が正しいと信じた道を恐れなく突き進んでいく精神こそが、勇気というものだと思います。

「福澤心訓」についての雑感

2024年2月26日

「敬と恥」が人を変える原動力

本稿では左記「福澤諭吉心訓七則」に関し、私見を申し上げておきたいと思います。

一、世の中で一番楽しく立派な事は、一生涯を貫く仕事を持つという事です。
一、世の中で一番みじめな事は、人間として教養のない事です。
一、世の中で一番さびしい事は、する仕事のない事です。
一、世の中で一番みにくい事は、他人の生活をうらやむ事です。
一、世の中で一番尊い事は、人の為に奉仕して決して恩にきせない事です。

一、世の中で一番美しい事は、全ての物に愛情を持つ事です。
一、世の中で一番悲しい事は、うそをつく事です。

この「福澤心訓」については、「慶應義塾豆百科」の「No.98福澤心訓」に次の指摘が載っています。

――残念ながらこの心訓は福澤先生の言葉ではない。どこかの智恵者が勝手に、それもどうやら戦後になってしばらくしてから作り上げ、それをさも先生の発言であるかのように「福澤心訓」などと勿体らしく銘打ったにすぎない真赤な偽作である。

そう思って読むと、この心訓にはなかなか味な表現がある。末尾の一項「一、世の中で一番悲しいことは嘘をつくことである」と。この心訓の作者は、最後に「嘘」をつくことは「世の中で一番悲しいこと」だと、自ら記したのは、皮肉といえば皮肉である。

「一番さびしい事は、する仕事のない事」とありますが、世の中には仕事があってもさびしい人は数多います。また「一番美しい事は、全ての物に愛情を持つ事」とありますが、悪人に対しても愛情を持つとは如何なものかと思います。あるいは「一番みじめな事は、人間として教養のない事」とありますが、所謂アカデミズムの中の一定のカリキュラムを経たら教養がある、と認識しているのであれば大間違いです。大学の学歴は無くとも、実社会の中で「人のふり見て我がふり直」すことで身に付けられることは沢山あります。

例えば、素晴らしい人との出会いが人を急成長させる切っ掛けになり得ます。自分より優れた人間を見た時、その人を敬する心を持つのと同時に、自分がその人間より劣っていることを恥ずる心を持つということ、即ち「敬と恥」が人を変える一つの原動力になるのです。これについては敬があるから恥があるというふうに言えるもので、人間誰しもが持っている一つの良心と言っても良いかもしれません。

冒頭の、尤もらしい言葉の羅列一つ一つを見て行くと、「そういう見方もあるけど、それは真理かなぁ……」といった具合に、全項に疑問の余地が出てきます。私自身「福澤心訓」なるものを何かの書物で読んだ時、「先生の言葉ではないな」と直感で思いました。それは遡ること55年、大学に入る前のことでした。

SBI大学院大学のご紹介

学校法人SBI大学が運営するビジネススクール「SBI大学院大学」は「新産業クリエーター」を標榜する SBI グループが全面支援をして、高い意欲と志を有する人々に広く門戸を開放し、互いに学び合い、鍛え合う場を提供しています。

私たちのビジネススクールの特徴とは

1. 経営に求められる人間学の探究

中国古典を現代に読み解き、物事の本質を見抜く力、時代を予見する先見性、大局的な思考を身に付け、次世代を担う起業家、リーダーに求められるぶれない判断軸をつくります。

2. テクノロジートレンドの研究と活用

グローバルに活躍する実務家教員による時流に沿った専門的な知見を公開します。講義の他、一般向けのセミナーや勉強会などを通して、研究成果や事業化に向けた活用など、新産業創出に貢献いたします。

3. 学びの集大成としての事業計画の策定

MBA 本科コースでは学びの集大成として、各自による事業計画書の作成、プレゼンテーションが修了演習の１つとして設置されています（事業計画演習）。少人数によるゼミ形式のため、きめ細やかなサポートはもちろん、実現性の高い事業計画書の策定が可能となります。その他、所属する組織の改革プラン作成（組織変革演習）やリサーチペーパーの作成（修論ゼミ）の演習を選択することも可能です。

オンライン学習システムで働きながら MBA を取得

当大学院大学では、マルチデバイスに対応したオンライン学習システムにて授業を提供しています。インターネット環境さえあれば、PC やモバイル端末から場所や時間に縛られず受講が可能です。

また、教員への質疑やオンラインディスカッション、集合型の対面授業などのインタラクティブな学習環境も用意されているため、より深い学びが得られます。働きながらビジネススキルを磨き、最短２年間から最長5年間（長期履修制度利用）の履修により自分のペースに合わせて MBA の取得が可能です。

大学名称・理事長	SBI 大学院大学・北尾 吉孝 ／ 学長：蟹瀬 誠一
MBA 本科 コース	経営管理研究科・アントレプレナー専攻／入学定員：120 名 （春期・秋期各 60 名）／修了後の学位：経営管理修士（専門職） 修了要件に沿い、34 単位以上を修得することで MBA 取得が可能
Pre-MBA コース	MBA 本科コースの必修科目を中心に4単位分を半年間で学べるコース （MBA 本科コースへの単位移行と授業料の一部減免制度が適用可能）
MBA 単科 コース	MBA 本科コースの科目を１科目１単位から受講できるコース
MBA 独習ゼミ	自学自習で MBA のエッセンスを学べるコース
グローバル・ビジネス・プログラム	グローバルビジネスに携わる方、これから目指す方向けの新コース （履修証明プログラム）
開催イベント	個別相談、オープンキャンパス（体験授業）、説明会、修了生体験談等
URL	https://www.sbi-u.ac.jp/

2024.4.1 現在

著者紹介

北尾吉孝 KITAO Yoshitaka

1951年、兵庫県生まれ。74年、慶應義塾大学経済学部卒業。同年、野村證券入社。78年、英国ケンブリッジ大学経済学部卒業。89年、ワッサースタイン・ペレラ・インターナショナル社（ロンドン）常務取締役。91年、野村企業情報取締役。92年、野村證券事業法人三部長。95年、孫正義氏の招聘により常務取締役としてソフトバンクに入社。

現在、SBIホールディングス株式会社代表取締役会長兼社長。また、公益財団法人SBI子ども希望財団理事、学校法人SBI大学理事長、社会福祉法人慈徳院理事長なども務める。

主な著書に『地方創生への挑戦』（きんざい）、『挑戦と進化の経営』（幻冬舎）、『これから仮想通貨の大躍進が始まる！』（SBクリエイティブ）、『実践FinTech』『成功企業に学ぶ 実践フィンテック』（以上、日本経済新聞出版）、『人間学のすすめ』『強運をつくる干支の知恵［増補版］』『修身のすすめ』『ビジネスに活かす「論語」』『森信三に学ぶ人間力』『安岡正篤ノート』『君子を目指せ 小人になるな』『何のために働くのか』（以上、致知出版社）、『実践版 安岡正篤』（プレジデント社）、『出光佐三の日本人にかえれ』（あさ出版）、『仕事の迷いにはすべて「論語」が答えてくれる』『逆境を生き抜く名経営者、先哲の箴言』（以上、朝日新聞出版）、『日本経済に追い風が吹いている』（産経新聞出版）、『北尾吉孝の経営問答！』（廣済堂出版）、『中国古典からもらった「不思議な力」』（三笠書房）、『ALAが創る未来』『日本人の底力』『人物をつくる』『不変の経営・成長の経営』（以上、PHP研究所）など多数。

縁と善の好循環

2024年6月18日　第1版第2刷発行

著者　北尾吉孝
発行者　村田博文
発行所　株式会社財界研究所
〒107-0052
東京都港区赤坂3-2-12赤坂ノアビル7階
電話：03-5561-6616
ファックス：03-5561-6619
URL：https://www.zaikai.jp/
印刷・製本　日経印刷株式会社
装幀　相馬敬徳（Rafters）

ISBN978-4-87932-160-2
定価はカバーに印刷してあります。